KB132359

마음만 먹으면

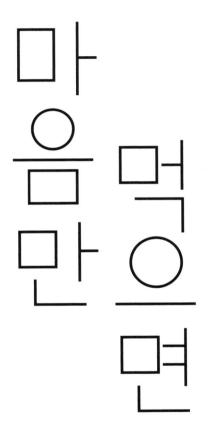

마음먹은만면

장진영 소설

차례

곤
희

곤희를 맡아보지 않겠느냐고 선배는 말했다.

나는 상주가 있는 곳을 건너다봤다. 다섯 달 전 아들을 잃고 그제 아내를 잃은 남자를.

선배는 부장으로부터 전해 받은 부조금 봉투를 꺼내 액수를 확인했다. 오로지 호의에 의한 것이었고, 자비自費였다. 언뜻 보기에도 위로금 조치고는 많았다. 받는 입장에서 모욕으로 느낄지도 모른다. 뒤늦게 확인하고 분통을 터뜨릴지도, 그러나 되돌려줄 방법은 묘연할 것이다. 봉투에 따로 이름이나 직함은 적지 않았다.

부조금에는 아마도 두 가지 목적이 있었다. 하

나는 유가족을 위로하는 것이었다. 고인의 일은 유감이나 우리 측에 유효한 원인이 있다고는 할 수 없다. 도의상 최선의 성의는 보이겠다. 구태여 문제 일으키지 말아달라. 다른 하나는 나를 향했다. 그렇게 뻣뻣하게 굴다가는 이번처럼 비싼 값을 치르게 될 거라는 메시지였다. 너 같은 생짜배기는 많았다. 그런 식으로는 오래 버티지 못한다. 개인적 공명심으로 법을 휘두르지 마라. 아무리 애써도 세상은 바뀌지 않는다. 굳이 애쓰지 않아도 세상은 굴러간다. 봉투는 내가 갓 단독에 임명된 어리숙한 여자애일 뿐이라는 걸 못 박아두고 있었다. 내가 있는 자리에서 선배가 금액을 확인한 데는 이유가 있었을 것이다.

그날 부인은 조용히 판결을 듣고 나갔던 것 같다. 컵라면이 익는 것보다 짧은 시간. 사연을 들었다면 기억했을 것이다. 그렇지만 사연을 알았다고 해서 내가 형을 감하거나 제했을 거란 생각은 들지 않았다. 나는 기본적으로 인간의 선함을 믿었고 그 선함을 보호하기 위해 원칙은 지켜져야 한다고 믿었다. 아들이 죽은 게 그곳에 차를 세울 수 있는 이유는 되지 못한다. 아들이 죽었다는 이유로 그녀가 순간적으로 잠에 빠졌던 버스

운전기사를, 아이를 좌석에서 일어나게 했던 코치를 죽여서는 안 되는 것과 마찬가지로. 나는 유죄라는 단어를 부인이 제멋대로 전유했을 거라고 생각했다. 부인을 괴롭히던 불가해한 마음이 우연히 그 단어에 정박했을 것이다. 그녀가 그녀이기를 중단하게 했을 것이다.

부조금을 내기 전에 선배는 봉투에서 수표 한 장을 꺼내 재킷 안주머니에 집어넣었다. 내게 윙크하는 선배를 향해 나는 어정쩡하게 미소 지었다. 채찍과 당근, 과도한 액수로 꾸짖은 뒤 작은 위반으로 분위기를 부드럽게 만든다.

상주와 반절하고 마주했을 때 그는 기억을 훑는 듯했다. 상주의 기억에는 내 얼굴이 없었다. 신분을 밝히고 고개 숙이자 그가 나를 일으켜 세웠다. 뒷주머니에서 손수건을 꺼내 이마를 닦았다. 실내는 서늘했다. 습관인 것 같았다. 손수건은 잘 다림질되어 있었다. 다림질해 접은 게 아니라 접어 다림질했다. 나는 그 다림질이 자살한 부인과 지금 내 앞에 있는 상주, 두 사람 중 누구의 방식일지 생각하지 않으려 노력했다. 그렇게까지 스스로를 괴롭히고 싶지는 않았다. 그가 손수건을 다시 뒷주머니에 집어넣었다. 구겨지지 않도록 주의를 기울여서. 그가 그 행동에 몰두하고 있다는 게 느껴졌다. 손수건을 집어넣자 시간이 다시 움직였다.

선배는 흡사 사고 친 아이의 부모라도 되는 것처럼 상주에게 사과했다. 애가 아직 어려서 뭘 모른다. 이번 기회로 잘 가르치겠다. 저 친구도 많이 배웠을 것이다. 이번 한 번만 넓은 아량으로 이해해달라. 나는 한 손으로 다른 손을 붙들었다. 부인의 자살로 나는 무엇을 배웠나. 상주는 예의 손수건을 꺼내 이마를 닦았다. 너무 뻔한 연기처럼.

"최소 머리채는 예상했는데." 부장의 봉투에서 챙긴 '출장비'를 쓰기 위해 들른 식당에서 선배가 말했다. "그 치렁치렁한 머리카락은 좀 잘라둬. 앞으로도 혹시 모르니까."

선배는 지금 내가 위치한 시기에 대한 조언을 늘어놨다. 운전자로 치면 오륙 년 차, 어느 정도 운전에 대한 자신감이 붙었을 때 사고가 나는 것과 같은 이치로 이번 같은 일이 일어난 거라고 했다.

그래서 말인데, 하고 선배가 그 얘기를 다시 꺼냈다. "곤희를 맡아보는 것 어때?"

나는 털이 하얗고 몸집이 가느다란 동물을 떠올렸다. 스피츠, 페르시안, 페럿, 어쩌면 백조. 연유까지야 알 수 없으나 막연히 내외, 혹은 그들의 아들이 키우던 애완동물일 것이리라 짐작한 터였다. 호수를 둘 만큼 집이 넓은 건 아니었다. 진짜 백조만 아니라면 무엇이든 나쁘지는 않을 것 같았다.

"무슨 소리를 하는 거야." 선배는 어안이 벙벙해 보였다. 나는 같은 표정으로 선배를 바라봤다. 곧 그가 웃음을 터뜨리고는 오해를 바로잡았다. "사람이야."

부인의 죽음과는, 또 그 가족과는 전혀 관계없는 인물이었다.

"이 건은 끝났어." 선배가 잘라 말했다. "더는 마음 쓸 것 없어."

선배는 곤희에 대한 이런저런 얘기를 들려주었다. 왜 내가 곤희를 동물로 오해했었는지 조금은 알 것 같았다. 나는 떡갈비를 작은 삼각형으로 잘라 입으로 가져갔다. 듣고 있다는 뜻으로 한 번씩 고개를 끄덕였다. 요컨대 곤희에게 내가 필요하다고 했다. 그보다 더욱 내게 곤희가 필요할 거라고 했다.

"포즈 같은 거야." 선배가 말을 이었다. "네가 방

금 머리를 그냥 뒤로 묶었던 것처럼. 너는 곤희를 돕는 것을 계기로 성장했다는 인상만 부장에게 남기면 돼."

나는 그러겠다고 했다. 선배가 오케이, 하고 내 맥주잔에 묻지도 않고 소주를 섞었다. 건배를 제의했다.

"공평이 아니라 공정하십시오, 후배님."

나는 그의 잔 조금 아래에 내 잔을 부딪쳤다.

부장의 지시로 사흘 휴가를 받았다. 내 업무는 나머지 단독들이 나누어 맡았다. 마음이 편치만은 않았다. 잘못한 벌로 선물을 받았다고 생각할지도 모른다. 추문은 등 뒤에서만 무성할 것이다.

곤희는 열아홉 살 소녀였다. 부장이 후원하는 천주교 기반 보육원에서 자랐다. 나올 때가 되어서 나오게 되었다, 선배의 표현이었다. 이틀 뒤 생일, 공식적인 보호가 종료되는 시점까지 내 아파트에 머물기로 얘기가 되었다. 아이 입장에서 생각해봤을 때 별로 세심한 조치는 아니었다. 궁금한 건 많았지만 따져 묻지는 않았다. 나는 그저 아이에게 필요한 건 없는지, 불편한 건 없는지만 살피면 되었다. 몇 년 더 산 사람, 나름 성공한 어른으로서 조언도 아끼지 않는다. 비용은 모두

부장이 지불하기로 했다. 휴가 전에 부장 개인 명의의
신용카드를 선배로부터 전해 받았다. 각별하고 다정하
게, 친언니처럼. 나는 선배의 마지막 당부에만은 대답
하지 않았다.

　　나는 5천 킬로미터 상공 비행기 문간에 서서 아
이가 낙하산을 잘 챙겼는지 배낭을 두들겨본다. 버클이
잘 잠겼는지 잡아당겨본다. 괜찮다고 걱정하지 말라고
북돋아준다. 뒤에서 아이를 떠민다. 그게 내 역할이었다.

　　오후 4시, 약속한 시각에 곤희가 도착했다. 선생
으로 보이는 여자가 동행했다. 처음에는 둘 중 어느 쪽
이 곤희인지 알아차리기 어려웠다. 두 사람 모두 여대
생처럼 보였다. 그제야 나는 곤희를 너무 어리게 상상
했었다는 것을 깨달았다. 선배의 이야기가 유독 그 애
의 유년에 집중되어 있었던 탓이다. 왜 아이가 하루빨
리 그곳에서 나와야 했는지 바로 이해되었다. 뜯어보면
앳된 얼굴이었다. 그러나 차분한 분위기가 그 애를 몇
살 더 위로 보이게 했다. 유리잔에 투명하게 담겨 있는
물, 그게 곤희의 첫인상이었다. 기쁨도 슬픔도 없이 투
명하게 담겨 있는 물. 오래도록. 같은 자리에.

　　선생에게서 몇 가지 사항을 전달받았다. 모두

보육원장과 통화로 얘기된 내용이었다. 이틀 뒤 만날 시간을 정한 다음 나는 선생을 배웅했다. 그녀는 좀 미적거렸다. 오히려 아이보다 선생이 더 불안해하는 것 같았다. 어쨌거나 그녀는 곤희를 두고 떠났다. 나는 곤희와 남았다.

곤희는 소파 맨 왼쪽에 앉아 앞만 바라보고 있었다. 창으로 들어오는 빛 때문에 반쯤 윤곽으로 보였다. 왜인지는 모르겠으나 정물의 일부처럼 여겨졌다. 그 애에게는 추상적인 부분이 전혀 없었다. 정신성을 짚어낼 수 없었다. 물론 구상에도 정신은 깃들 수 있지만. 설령 그게 보는 이의 정신이라 하더라도.

곤희는 발등을 덮는 면바지에 품이 크고 구조적인 셔츠를 입고 있었다. 셔츠의 더블 스트라이프가 손으로 그린 것처럼 불균일했다. 단추를 세 개 풀었고 안에 다른 옷은 입지 않았다. 바지 밑단에는 해진 듯 올이 풀려 있었는데 실제로 해진 게 아니라 연출된 디자인 같았다. 패션에 관심이 없는 사람이 보기에도 한눈에 고급이라는 건 알 수 있었다. 장신구는 하나도 하지 않았다. 컬이 들어가지 않은 머리카락이 가슴 위까지 왔다.

"부모가 있는 애들보다 많은 용돈을 받아요." 곤

희가 입을 뗐다. 그러고는 흐르릅 침을 말아 삼켰다. 발음이 좀 어눌한 것 같았다. 입 안을 다쳤을 때 혹은 음식물을 잔뜩 머금었을 때의 발음이었다. "저를 자식이라고 생각하는 사람이 많아요."

발음은 둘째 치고 나는 곤희가 말을 한다는 데 순수하게 놀랐다. 소파가 말을 한 것처럼. 관찰을 비난하는 어투는 아니었다. 그저 사실을 얘기하는 것 같았다. 아무런 악의도 느껴지지 않았다. 가슴께 버튼을 누르면 녹음된 말을 하는 인형, 그런 느낌이었다.

"학교에 다닐 때는 인기가 많았어요." 곤희가 천천히 말을 이었다. "특히 매점에 가면 애들이 벌 떼처럼 달려들었어요. 사달라는 대로 다 사줬거든요."

"지금은 학교에 다니지 않아요?"

"그만뒀어요. 검정고시를 준비하고 있어요." 그렇게만 말하고 곤희는 입을 다물었다. 목이 아픈 사람처럼 침을 삼켰다. 시선은 시종 앞을 향하고 있었다.

너무 많은 부모, 너무 많은 친구. 부모와 친구가 많은 것이 아이에게 있어 행복인지 불행인지 알 수 없었다. 그저 많을 뿐, 이라고 생각하는지도. 곤희는 자신에게서 한 발짝 떨어져 있는 사람처럼 보였다.

함께 있는 동안 알게 된 거지만 곤희는 자신의 불행을 말하는 데 거리낌이 없었다. 어쩌면 그런 교환에 익숙해져 있는지도 몰랐다. 아이는 부끄럼 없이 불행을 전시하고, 누군가는 그 불행을 구경할 티켓을 구입한다. 그렇다면 곤희는 정신의 스트리퍼였을까. 그 애가 하는 건 정확히는 교환이라기보다 제공에 가까웠다. 곤희는 이렇게 말하는 것 같았다:

네가 원하는 걸 알아. 그걸 줄게.

우리는 지하주차장으로 내려갔다. 아이가 살게 될 집에 가보기로 했다. 곤희는 자연스럽게 조수석에 앉았다. 언제 뒷좌석에 앉아야 하고 언제 조수석에 앉아야 하는지를 알았다. 차가 지상으로 올라가자 곤희는 미간을 좁히며 눈 감았다. 눈꺼풀이 떨리는 게 보였다. 저물녘 빛이 얼굴 위로 길게 누웠다.

나는 내비게이션에 주소를 입력했다. 도심에서 약간 거리가 있는 베드타운이었다. 도시계획하에 새로 지어진 건물이 많았고 이제 본격적으로 상권이 들어서는 지역이었다. 외국인이 적고 연령대의 분포가 균일하고 일인가구보다 다인가구가 많았다. 무엇보다 전반적으로 가구당 소득수준이 높은 곳이었다. 물가가 비싼 편이고 혼자 생활하기에 불편한 점도 있겠지만 밤에는 안전할 것이다.

　　퇴근 시간이라 차가 막혔다. 해가 짧아지는 계절이었다. 하늘이 차츰 어두워지고 있었다. 아직 완전히 어두워지지는 않은 하늘과 길게 늘어선 후미등 불빛. 집으로 돌아가는 차들.

　　"선생님은 생리를 하시나요?" 신호 대기 중에 곤희가 물었다.

　　나는 그렇다고 대답했다.

　　"저는 해본 적 없어요."

　　"조급하게 생각하지 말아요. 스트레스에 취약한 편이라면 조금 늦어질 수 있어요. 늦어진 덕에 키가 더 클지도 모르고."

　　"어떤 기분이에요?"

　　"일단은 피가 나와요. 흐르지 않도록 생리대를 착용해야겠죠. 사람에 따라 배나 허리가 아플 수도 있어요. 진통제 중에서 아스피린은 복용하지 않는 게 좋아요. 피가 묽어질 수 있거든요. 또 드라마에 나오는 것처럼 그렇게 신경질적으로 되지는 않아요."

"1년 뒤에는 저도 할 거예요. 아마도."

"그래요. 그럴 거예요."

"지금은 임신을 했어요." 곤희가 말했다.

나는 그렇구나, 하고 최대한 심상하게 들리도록 대답했다. 선배에게 전해 듣지 못한 내용이었다. 알고도 말하지 않은 것 같지는 않았다. 초경 전에 임신, 그럴수가 있나. 생리를 하지 않았기에 피임에 소홀했는데마침 첫 배란에 아기가 생겨버렸다, 아예 불가능한 일은 아니었다. 학교를 그만두게 된 일과 보육원에서 하루라도 빨리 나와야 했던 일, 나쁜 소문들, 말하지 않아도 떠오르는 장면들. 태명이 무엇이냐고 나는 물었다. 무거워지려 하는 분위기를 바꿀 의도로. 밝은 목소리, 말하자면 계산된 밝음으로. 아기 얘기를 할 때 으레 그래야 하듯이.

"없어요." 곤희가 잘라 말했다. 추측건대 아직 없다는 얘기는 아니었다. 아예 붙여줄 마음이 없는 것 같았다.

서서히 정체가 풀렸다. 하늘이 어느 결에 어둑해져 있었다. 나는 곁눈으로 아이를 봤다. 곤희는 고개를 뒤로 기댄 채 눈 감고 있었다. 간혹 잠꼬대처럼 입 안에서 단어를 우물거렸다. 빚어지다 만 단어들. 라디오를 틀고 볼륨을 낮추었다. 적막하지 않게 해주되 신경에는 거슬리지 않을 정도로. 어쩐 일인지 음악만 연달아 흘러나왔다. 세상 사는 얘기가 없어 좋았다. 방송국 파업 중이라는 사실이 뒤늦게 기억났다.

어느 순간 나는 운전대를 힘주어 붙들고 있다는 걸 깨달았다. 원정경기를 떠나던 중 버스 전복으로 죽은 아이가 떠올랐던 것 같다.

아이를 제외한 나머지는 경미한 상처만을 입었다고 했다. 며칠 뒤로 예정되어 있던 친선경기는 그대로 진행되었다. 아이는 미드필더였고 왼발잡이였다. 선발은 아니었다. 아이가 속해 있던 팀은 경기에서 패했다. 이번만큼은 이기는 것보다 지는 게 나았다. 나는 진보 성향의 조간신문을 통해 아이에 대한 몇 가지 훌륭한 사연을 알게 되었다. 아이는 매사에 성실하여 공부도 운동도 잘했다. 언제나 친구들을 위했으며 더없이 부모에게 다정했다. 아이의 생전은 더 올바르고 착해져야만 했다. 나를 끔찍하고 무자비하게 만들기 위해. 앞으로 아이와 나는 선악의 총량을 공유하게 될 터였다.

"선생님은 좋은 사람이에요." 잠든 줄 알았던 곤

희가 말했다.

"잠깐이지만 그래 보였어요." 낮에 곤희를 데리고 왔던 교사의 얼굴을 떠올려보았다. 잘 기억나지 않았다.

"아니, 선생님이요."

나는 대답하지 않았다. 타이밍 좋게 차가 끼어들었다.

잠시 후 곤희가 물었다. "좋은 사람인 게 부끄러워요?"

곤희의 새 거처는 8차선 대로에 면한 서비스드 레지던스였다. 로비에서 중국인 단체 관광객들이 체크인하고 있었다. 저마다 냉장고만 한 캐리어를 곁에 두고 있었다. 몇몇 중국인들이 자국으로 떠날 때 낡은 캐리어를 버리고 새 캐리어에 새 물건을 채워 간다는 얘기를 들은 적 있었다. 갑자기 그 얘기가 떠올랐다. 열리지도 폐기되지도 못한 채 착실히 보관되는 캐리어들. 나는 거울처럼 비치는 엘리베이터 문을 통해 곤희를 봤다. 고요한 얼굴, 수면 아래 가라앉은 표정. 우리는 17층에서 내렸다. 단모 카펫이 깔린 복도를 걸었다. 카드키는 아이에게 있었다.

분리되지 않은 거실과 침실, 작은 부엌, 건식 욕실을 갖춘 공간이었다. 헤링본 패턴의 나무 마루, 검은색 철제 가구, 회색조로 톤을 맞춘 텍스타일. 대리석 협탁에 휴양지에서 볼 법한 화려한 색채의 항아리가 놓였고, 인조 아레카팜이 꽂혀 있었다. 침대 헤드 위 벽에 공장식 앵포르멜이 걸려 있었다. 사람이 살 집치고는 너무 패셔너블하지 않나 하는 생각이 들었다. 미리 가져다 둔 짐으로 보이는 몇 가지 물건을 제외하고는 모두 레지던스에 딸린 것 같았다. 통으로 된 창으로 야경이 보였다. 차 소리는 들리지 않았다. 보수 중인지 천장 일부가 뜯겨 있었다. 벽에 사다리가 기대어 있었고 공구함과 건축자재 등속이 바닥에 놓여 있었다. 시간이 되어 그대로 퇴근한 모양이었다. 아마 레지던스와 정기적인 계약을 맺은 인부일 것이다.

이건 보통의 부모가 해줄 수 있는 것을 초과한다, 나는 생각했다. 과하지 않나. 과하면 안 되나.

"저는 운이 좋은 것 같아요." 곤희가 느릿느릿 말했다. 내 생각에 대한 주석처럼.

전화벨이 울렸다. 선배였다. 눈짓으로 양해를 구

하고 전화를 받았다. 곤희는 창을 향해 놓인 일인용 소
파 두 개 중 하나에 앉아 있었다. 창 안에서 허락의 의
미로 고개를 끄덕였다. 나는 선배와 간단한 안부를 주
고받았다. 그쪽 분위기를 묻자 선배가 곤희 말인데, 하
고 본론으로 들어갔다. 나는 다시 창을 바라봤다. 곤희
는 뭐랄까, 아무것도 보고 있지 않았다. 자신을 방기하
고 있었다. 시선이 느껴졌는지 얼굴이 다시 이쪽을 보
았다. 나는 미소 지었다. 곤희도 그렇게 했다. 실패한 원
본을 따라 하는 데 성공한 모사처럼.

　　볼륨을 줄이고 욕실 쪽 복도로 자리를 옮겼다.
세면대가 복도 끝에 설치되어 있었다. 천장에 핀 조명
이 달려 어딘가 갤러리를 연상시켰다. 원형의 주물 거
울에 모습이 비쳤다.

　　"내가 좀 알아봤거든." 선배가 말을 이었다. "그
친구, 애를 가졌다네. 의과대학 신입생들이 의료봉사를
갔는데 그때 알게 되었다는군."

　　나는 딱히 의견을 밝히지 않았다. 듣고 있느냐
고 묻기에 듣고 있다고 대답했다.

　　"사건이었던 것 같아." 선배가 말했다.

　　"그랬군요."

대답이 시원치 않자 선배는 김이 빠진 듯했다. 과로사 직전이라면서 전화를 끊으려 했다.

"때려치운다더니 열심이네요."

선배는 대답하지 않고 다만 후후 웃었다. 다음 파도가 다가오는 걸 발견한, 고꾸라진 서퍼처럼. 나는 아랫입술을 물었다 놓았다. 그가 단지 애인이라는 이유만으로 나를 돕는다고는 처음부터 생각하지 않았다. 그렇게까지 순진하지는 않았다. 선배는 부장이 나를, 여러 가지 의미로, 눈여겨본다는 걸 알고 있었다.

"딸처럼 아낀다면서 왜 입양은 안 한 거예요?" 마침내 궁금했던 걸 물었다. 그저 하나의 가능성을 제해보기 위해서.

잠깐의 침묵 후 수화기 너머에서 와락 웃음이 쏟아졌다. "딸이 아니니 딸처럼 아끼지."

선배의 말투를 보아 부장에게는 혐의가 없는 모양이었다. 하긴 그랬다면 위험하게 아이를 맡기지는 않았을 것이다. 그제야 나는 이 휴가가 부장이 내는 일종의 시험이라는 걸 깨달았다. 그런 확신이 들었다. 먼저 나는 곤희를 불쌍히 여겨야 했다. 또한 곤희를 도움으로써 그것이 거짓이 아님을 증명해야 했다. 그러나 결과적으로 판돈을 따는 사람은 부장이 되어야 했다. 나는 곤희를 도움으로써 부장이 나를 돕게 해야 했다.

선배는 곤희와 관련된 일화를 몇 가지 더 들려주었다. 하나도 들리지 않았다. 대충 맞장구치며 통화가 끝나기를 기다렸다. 핸드폰을 들지 않은 손으로 마른세수를 했다. 핀 조명이 거울 속 얼굴에 그늘진 부분을 만들었고 그 때문에 더 나이 들어 보이는 것 같았다. 적당히 해도 된다는, 너무 열심히 하지는 말라는 조언을 마지막으로 선배는 전화를 끊었다. 그가 들려준 마지막 일화는 기억할 만했다.

마리아, 곤희가 자리에 없을 때 그 애의 별명이었다.

이튿날 아침 곤희는 보육원에 가보고 싶다고 했다. 가고 싶은 게 아니라 가보고 싶다고, 잠시 들렀다 떠나보고 싶다고 했다. 그곳을 스쳐갔던 무수한 사람들처럼. 돌아갈 집이 있는 사람들처럼. 꽤 먼 거리를 운전해야 했지만 군말 없이 따라나섰다. 어차피 곤희 덕에 얻은 휴가다. 무엇보다 그 애 입으로 무얼 하고 싶다고 말한 건 처음이었다.

만남의광장에서 아침 겸 점심으로 우동을 먹었다. 떠나는 느낌이 들어 좋았다. 곤희는 우동을 꼭 두 가닥씩 집어서 입으로 가져갔다. 일정한 속도로, 꾸준히, 열심히 먹었다. 먹는 데 약간 어려움을 겪는 것 같았다. 무엇 때문인지는 정확히 알 수 없으나 그 어눌한 발음과도 관계있는 일이리라 추측되었다. 우리는 후식으로 차가운 홍차와 호떡을 사 먹었다.

"헤어짐의 광장도 있나요?" 호떡이 나오기를 기다리며 곤희가 물었다.

곤희는 음식이 진열된 유리관 안을 들여다보고 있었다. 얼굴로 주황색 불빛을 고스란히 받았다. 굽어진 유리에 아이의 얼굴이 이상한 모양으로 비쳤다. 유리관 안이 사실은 따뜻하지 않다는 얘기를 언젠가 들은 적 있었다. 음식은 식어빠져 다시 조리되어야 하는 것이고, 다만 노란 전구를 달아두어 따뜻해 보이도록 연출한 것뿐이라고.

차로 돌아올 때 곤희는 스미듯 손잡았다. 물속에 손을 집어넣은 것처럼 서늘하고 축축하고 빈틈없었다. 나는 약간 당황했고, 내가 당황한다는 데 당황했다. 이런 때는 어떻게 해야 하는지, 어떤 게 가장 사려 깊은 방법인지 알 수 없었다. 가만히 있으면 상처받을 것 같았고 맞잡기엔 너무 늦은 것 같았다. 나는 다른 쪽 손에 들고 있던 플라스틱 컵을 쥐었다가 놓았다. 안에서 얼음이 달그락거렸다. 곤희가 손을 놓았다. 차를 세워둔 곳을 가리켰다.

차가 막혀 일찌감치 국도로 빠졌다. 하늘에 더러운 구름이 끼어 있었다. 창밖으로 그저 그런 풍경이 지나갔다. 간혹 스쳐 지나가는, 아름다울 수도 있는 풍경에 그 애는 별로 주목하지 않았다. 내비게이션 속 지도가 단순해졌다. 우리는 점점 보육원과 가까워지는 중이었다. 곤희는 어눌한 발음으로 한 자 한 자 자신이 겪은 불행을 이야기했다. 하나같이 온도가 없었다.

보육원은 시의 경계에 있었다. 비포장도로로 한참을 샌 후에야 나왔다. 낮은 산에 둘러싸여 출입이 쉽지 않아 보였다. 부패하기 좋은 구조다. 그러나 어디까지나 짐작일 뿐이었다. 진입로 바닥에는 밝은색 자갈이 깔려 있었다. 담장이나 울타리는 없고 철제로 된 아치형 구조물만 세워놓았다. 그곳이 입구였다. 구조물에 보육원 이름이 팻말로 걸려 있었다. 주변으로 아이들이 만든 것으로 보이는 셀로판 바람개비가 여남은 개 매달려 있었다. 하나만 제대로 돌아갔다. 종을 알 수 없는 개 한 마리가 목줄로 묶여 있었다. 노른기가 도는 풍성한 갈색 털에 몸집이 컸고 꼬리가 탐스러웠다. 앞발에 턱을 괴고 엎드려 있던 개는 차가 진입하자 일어나 서성이기 시작했다. 일단 입구에 차를 세웠다. 건물까지는 조금 더 들어가야 했다. 안으로 수목들이 보였다. 바깥에 심어진 것들과는 다른 종류였고 하나같이 비싸 보였다. 어쩌면 보육원장은 나무에 취미가 있는지도 모른다. 수목들 뒤로 소박한 규모의 석조 성당과 아이들이 생활하는 단층 건물이 보였다. 목가적인 느낌을 자아내려 했지만 전체적으로 외진 느낌이 더 강했다.

　　아이들 한 무리가 입구 쪽으로 몰려나왔다. 열 살 안팎 또래로 보였다. 인솔자는 없었다. 자유롭게 보내는 시간인 모양이었다. 나는 시동을 껐다. 왜인지 그래야 할 것 같았다. 차 안이 단숨에 적막해졌다. 유리가 어두워 밖에서 안은 보이지 않을 터였다. 아이들은 입구에 세워진 수상한 차에 관심이 없었다. 곧장 개에게 몰려갔다. 개의 꼬리가 프로펠러처럼 돌아갔다. 동시에 뒷다리를 떨었다.

"꼬막." 곤희가 개의 이름을 알려주었다.

꼬막은 사람을 두려워하면서도 좋아했다. 겁은 많되 기억력이 짧다고 했다.

아이들은 앞다투어 개를 만졌다. 꼬막을 향한 조급한 마음이 느껴졌다. 무언가를 독점하지 못하는 데 익숙해 보였다. 아이들은 자기 차례가 왔을 때 그 차례를 소중히 사용했다. 개의 동그랗고 작은 이마를 쓸어주고 턱을 긁어주고 털을 빗질하고 엉덩이를 두들겼다. 나는 그 모습을 특별한 감상 없이 바라봤다. 따뜻한 마음이 될 것도 같았다.

그러다 나는 자연히 한 여자애만을 바라보게 되었다. 왜인지는 잘 모르겠다. 그 애만이 개와 서먹한 것 같았다. 다리가 유달리 가늘고 흰 아이였다. 두 사이즈 정도 큰 긴팔 옷을 입었고 손은 소매 안에 감추어져 있었다. 아이는 주변을 배회할 뿐 개에게 가까이 다가가지 않았다. 이따금 여자애가 개와 거리를 좁힐 때가 있었다. 짧은 순간 개는 경련했다. 다시 꼬리를 흔들었고 그러면서 뒷다리를 후들거렸다. 두 가지 일은 동시에 일어날 수 있었다.

이게 우리가 여기까지 온 이유라는 걸, 곤희가

보여주고 싶었던 장면이라는 걸 나는 알았다. 눈을 가늘게 떴다. 여자애가 개에게 다가간다. 개가 경련한다. 잊는다. 꼬리를 흔든다. 뒷다리를 떤다. 왜 두려워하는지 모른 채 두려워한다. 그렇다면 무엇을?

"바늘을 들고 있어요." 곤희가 나지막이 말했다.

나는 여자애를 봤다. 몸통에 뻣뻣하게 매달린 오른팔에, 소매 안에 감추어진 것에 집중했다. 바늘 같은 게 보일 리 없다. 그러나 거짓말이라고는 생각되지 않았다.

"꼬막을 데려다 키우고 싶니? 혹은 풀어주고 싶어?"

곤희가 고개 저었다. 그런 문제가 아니에요.

나는 안전띠를 풀었다. 등을 기대고 숨을 내쉬었다. 머릿속을 정리한 후에 물었다. 저 안으로 더 들어가고 싶은지. 혹시라도 바로잡고 싶은 게 있는지. 만약 바로잡고 싶다면 내가 도울 수 있다. 우리가 만나야만 했던 이유가 있을 것 같다. 바로잡고 싶지 않다면 더는 묻지 않겠다. 지금 결정해라. 나는 곤희에게 아기의 아빠가 누구냐고는 묻지 않았다. 누구인지 관심 없었다. 말해준다 해도 모를 것이다. 다만 아기를, 혹은 그 과정

을 곤희도 원했는지가 중요했다. 원하지 않았다면 곤희
는 아기를 지울 수 있었다. 절차를 거쳐서, 합법적으로.

　　나는 조금 전 입구에서 차를 세웠고, 지금은 곤
희를 다그치듯 몰아붙이고 있었다. 고민 없이 보육원
안으로 들어가고, 사려 깊게 아이를 대할 수 있었음에
도. 그 이유를 나는 알고 있었다. 곤희는 부장이 낸 시
험이다, 되새겼다. 곤희는 곤희이기도 했지만 지켜져야
하고 훼손되지 않아야 하는 어떤 것이기도 했다. 나는
인정해야 했다. 곤희는 내가 단념한 채로 두고 온 어떤
것이기도 하다는 것을. 지금 나에게는 그 어떤 것을 바
로잡을 권능이 없다는 것을. 저곳으로 들어갈 수 없고,
들어가지 않아야 한다는 것을. 그게 이 시험의 답이었
다. 부장이 생각하는 진짜 성장이었다. 나는 한 번의 실
점을 만회해야 했다. 곤희가 도움을 청하지 않기를 바
랐다.

　　개가 꼬리를 배 쪽으로 말아 넣고 빙글빙글 도
는 게 보였다. 아이들이 물러났다가는 다시 개를 에워
쌌다. 손들이 개를 쓰다듬었다.

　　"원했다고 생각해요." 곤희가 말했다.

　　"원했다고 생각해?"

"네."

"원했어, 원했다고 생각해?"

"원했다고 생각해요."

두 눈을 손가락으로 눌렀다. 피곤이 몰려왔다. 마음을 가다듬었다. 좀 더 확실히 할 필요가 있었다. 다만 스스로에 대한 알리바이를 만들기 위해서. 나는 말했다. 다치지 않으려고 너 자신을 속이는 것일 수도 있다고.

"선생님은 좋은 사람이에요."

더는 관여하지 말라는 얘기였다. 나는 그렇게 했다. 곤희가 원하는 대로 했다. 원한다고 생각하는 대로 했다. 그 애를 설득하기를 단념했다.

잠시 후 곤희가 안전띠를 풀고 차 문을 열었다. 순간 나는 팔을 붙들 뻔했다. 낙하산과 버클이 생각나서였다. 아이들은 어느새 떠나고 없었다. 꼬막에게 가기 위해 그 애가 문을 연 건 아니었다. 곤희는 한쪽 발만 내리고 밖으로 몸을 수그린 채 무언가를 뱉어냈다. 차체를 짚고 구역질에 가까운 기침을 했다. 이번엔 보기에 충분히 가까웠다. 나갔던 한쪽 발이 들어왔다. 차 문이 닫혔다. 이제 되었다는 표정이었다.

"꼬막." 나는 선배에게 알렸다. 이 상황에서 절대 나올 수 없는 단어를. 매번 바뀌는 세이프워드를. 우리는 그날 짓고 그날 부수는, 세트장 같은 모텔방 안에 있었다. "꼬막이라고 말하면 멈춰요."

"오케이." 선배가 내 목을 움켜쥔 손아귀에 힘을 주었다.

일이 끝난 후 천천히, 가능한 한 천천히 몸을 씻었다. 선배에게 시간을 주었다. 앞선 상황과의 낙차에서 오는 굴욕감을 누릴 수 있을 만큼. 가벼운 분노가 가볍지 않았을 죄책감을 지울 수 있을 만큼. 샤워부스에서 나왔을 때 선배는 깨어진 듯한 표정으로 누워 있었다.

보육원 입구에 차를 세우고 전조등을 껐다. 이 터무니없는 어둠이 지금은 이치에 맞는 일처럼 여겨졌다. 시동까지 끄고 사이드브레이크를 올렸다. 차츰 눈이 어둠에 적응했다. 입구를 알리는 아치형 구조물이 다시 모습을 드러냈다. 낮에 보던 풍경과는 딴판이었다. 그 대비가 마음을 춥게 했다. 수목의 가지가 좌우로 흔들렸다. 바람개비는 하나도 돌아가지 않았다. 저 중 내가 아는 아이가 만든 것도 있을까.

꼬막이 몸을 똑바로 세우고 이쪽을 바라보았다.

경계였다. 구조물에 매인 목줄이 팽팽하게 잡아당겨졌다. 다리 근육이 풍선처럼 불거졌다. 두 눈이, 빛도 없는 곳에서, 홀로그램처럼 빛났다. 개가 이쪽으로 달려오려다가는 목줄에 가로막혔다. 앞발이 들렸다. 짖지는 않았다. 짖지 않도록 훈련되었을 것이다. 이곳은 도둑이 절대 오지 않을 곳이니까. 손님이, 그것도 선한 손님이 많은 곳이니까. 아무리 개가 도둑이나 손님을 구분하지 못한다 하더라도. 쇠로 된 목줄에서 삐걱거리는 소리가 났다. 구조물에 고정된 부분이 마찰하는 소리였다. 창유리가 어둡건 말건 개는 나를 볼 수 있었다. 나는 잠시 그 개와 마주 보았다.

"걱정 마. 풀어주지 않을 테니까."

목줄이 느슨해지며 스르릉 소리를 냈다. 시간을 두고 숨죽여 차 키를 뽑았다. 돌기가 걸리는 자잘한 저항감이 손끝에 느껴졌다. 다시 차 키를 꽂아보았다. 뽑을 때보다는 부드러웠다. 좀 더 빠르게, 힘주어 반복했다. 가볍고 날카롭되 옅지 않게. 걸리적거리는 소매를 걷었다. 어둠이 손을 가려주었다.

쇠줄 당겨지는 소리. 개가 떨고 있었다. 꼬리를 흔들면서. 꼬막. 나는 말했다. 아니. 선배는 아니라고 했

다. 꼬막. 목이 눌려 소리가 잘 나지 않았다. 손마디의
모양새가 울대로 느껴졌다. 사물의 윤곽이 뭉개졌다.
나는 어디에 있는지 누구와 있는지 이해하려 노력했다.
곤희는 내가 없는 내 집에 있었다. 우리가 연출해야 했
을지 모를 멋쩍고 곤혹스러운 마지막 밤을, 다행히 혼
자 보내고 있을 터였다. 꼬막. 나는 매번 쓸모없어지고
마는 세이프워드를, 우리가 지었고 그가 허문 룰을 다
시 한번 말했다. 아직. 선배는 아직이라고 했다. 아직,
지금 돌아가면 그 애는 아직 있을 것이다. 꼬막. 나는 애
원했을지도 모른다. 아니야. 그가 아니라고 했다. 아닌
것도 같았다. 여기까지가, 그래 여기까지가 우리의 세
이프워드였다. 여기까지를 내가 원했다. 꼬막. 아니. 꼬
막. 아직. 꼬막. 아니야. 꼬막. 꼬막. 꼬막. 나는 손에서
미끄러진 차 키를 주워 다시 꽂았다. 죽은 걸 알면서도
구태여 한 번 더 칼을 박는 살인자처럼.

　　차 키를 뺐다.

　　"꼬막."

　　차 키를 밀어넣었다.

　　나는 불 꺼진 집 안을 걸었다. 그리 어려운 일은

아니었다. 가로등과 맞은편 동 몇몇 집에 켜져 있는 불
덕분에 완전히 어둡지는 않았다. 발소리가 나지 않도록
실내화를 벗었다. 맨발에 닿는 바닥이 찼다. 잠들 만큼
피곤해지려면 더 넓은 집을 구해야 하는지도 모른다.
호수를 둘 만큼. 그러기 위해선 더 일해야 하겠지. 그러
다 보면 막상 집에 올 시간이 없겠지. 어쨌거나 피곤은
하겠지.

현관 한편에는 내일 떠나기 위한 짐이 꾸려져
있었다. 첫날과 마찬가지로 타포린백 하나가 다였다.
아직 접힌 자국도 가시지 않은 그 가방은 임시적이었
고, 무얼 더 담을 생각이 없어 보였다. 이틀 전 곤희를
데리고 왔던 선생이 내일 다시 그 애를 데리러 오기로
되어 있었다. 그녀는 곤희를 레지던스에 데려다주고 보
육원으로 돌아갈 것이다. 곤희는 혼자 남아 새로운 삶
을 살아갈 것이다. 원한 적 없었지만 이제는 원한다고
생각하는, 배 속의 아기와 함께.

나는 얼마간 더 걸었고, 점점 부엌을 중심으로
서성이게 되었다. 부엌만을 서성였다. 찬장에서 추석
때 선물받은 백주를 찾아냈다. 작은 잔은 전부 버리고
없었다. 오합지졸이지만 물컵에 따랐다. 여러 번 들이

켜지 않아도 되니 잘된 일인지도 몰랐다. 안주는 차가운 생수로 했다. 번갈아 마셨다.

서너 잔쯤 마셨을 때, 그 애가 다가와 있었던 것 같다.

무언가 찢기는 듯한 소리가 났다. 어두웠지만 나는 노란빛을 보았다. 자주 기억은 무언가를 보게 한다. 목이 뻐근해지면서 침이 돌았다.

"안 계실 때 뒤져봤어요." 목소리가 속삭였다. 새로 배우기 시작한, 텅 빈 발음으로.

나는 파인애플 조각을 손으로 집어 먹었다. 집에 통조림 같은 게 있는 줄은 몰랐다. 입 안이 따가웠지만 그게 파인애플이 하는 일이었다. 곤희는 먹지 않겠다고 했다. 파인애플도 술도. 나는 어지러워 비틀거렸고, 잠시 손목을 통조림 입구에 대보았다.

"이거 가져도 돼요?" 곤희가 물었다.

감기려는 눈을 부릅뜨고 그 애가 든 걸 봤다. 무얼 갖고 싶다고 한 건 처음이었다. 곧 형상이 눈에 들어왔다. 통조림 뚜껑이었다.

"그건 왜요?" 나는 물었다. 아이에 대해 전혀 몰랐다면 아마도 그런 걸 왜요? 물었을 것이다.

"기념으로요."

"위험할 텐데. 나야 상관없지만."

곤희가 고리를 두 번째 손가락에 끼웠다. 자랑하듯이 이쪽으로 내밀었다. 위험하고 근사한 반지 같았다. 그 애는 반지를 허공에 몇 번 휘둘렀다. 나는 뒤로 좀 물러났다. 뚜껑 날에 목을 베일 것만 같았다. 위협이 되었다는 데 곤희는 놀란 것 같았다. 팔을 움츠렸다.

"그거, 좋은 생각 같아요." 나는 그 애가 챙긴 기념품을 가리키며, 진심으로 그렇게 말했다.

이튿날 오전에 선생이 곤희를 데리러 왔다. 우리는 특별한 인사 없이 작별했다. 곤희는 이별에 익숙해 보였다. 현관문을 나서기 전 그 애는 손등을 내밀어 가상의 반지를 보여주었다. 끼우고 있다는 뜻 같았다. 진짜는 가방 안에 있었다. 머금는 것이 아닌 휘두르는 것으로.

생일 축하해. 현관문이 닫힌 후 나는 그렇게 중얼거렸다.

간단히 집을 정리하고 오후에 곧바로 출근했다. 억울하거나 결백한 사람들 사이를 걸었다. 엘리베이터에서 내렸을 때 몇몇 단독들이 안부를 묻고 지나갔다. 분노나 연민은 느껴지지 않았다. 자살한 부인과 관련한 불미스러운 일은 금세 잊힌 것 같았다. 나는 그녀의 이름을 알고 있었다. 버스 전복 사고로 죽은 아들의 이름은, 그녀가 아들을 어떻게 불렀는지는 알지 못했다.

빠른 발걸음으로 코트룸을 빠져나오는 선배와 마주쳤다. 내밀한 눈짓 같은 건 서로 하지 않았다. 위반하지 않았을 때 더 명징하게 감각되는 룰. 우리는 문서를 실은 카트가 지나가도록 창가 쪽으로 비켜섰다. 그는 다른 이들이 내게 물었던 것과 마찬가지로, 휴가는 잘 보냈느냐고 물었다.

"매우 의미 있는 시간이었어요." 나는 대답했다. 그건 사실이었다.

선배는 부장이 고마워하더라고 전했다. 잘 챙겨주어 고맙다고. 아이에게 많은 힘이 되었을 거라고. 곤희가 내 이야길 잘 해준 모양이었다. 나 역시 주어진 역할을 잘 해냈다고 생각했다. 낙하산과 버클을 잘 확인하고, 아이를 비행기 밖으로 잘 떠밀었다고.

"그래서 말인데," 그가 말했다. "한 번 더 수고해주면 어때? 물론 이번처럼 길지는 않을 거고 쉬는 날 한

두 시간만 내면 돼. 부장이 후원하는 친구 중 하나인데, 당신처럼 훌륭한 재판장이 되는 게 꿈이래."

나는 잠시 생각하는 척했다. 그리고 대답했다. "아니요. 하고 싶지 않습니다."

선배는 웃었다. 나는 정답을 말했다는 걸 알았다.

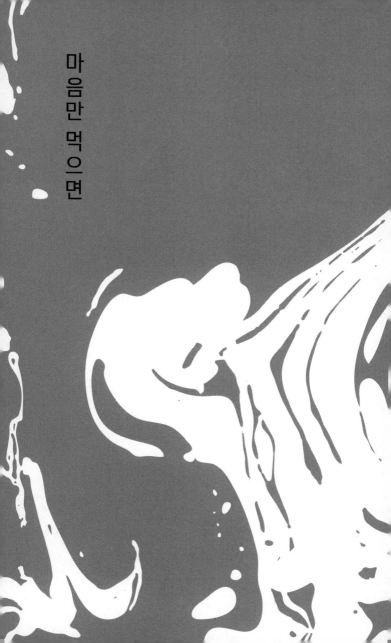

마음만 먹으면

병동 사람들은 그 여자를 피자언니라고 불렀다. 자기는 환자가 아니라고 믿는, 자기만 환자가 아니라고 믿는 모든 환자들을 비롯해 의사와 간호사, 보호사, 방문객까지. 나는 그녀가 유명 인사라는 걸 입원 날 대번에 알았다. 피자언니는 산책로 옆 공중전화 부스 안에 서서 종일 통화를 했다. 피자언니는 문자 그대로 거기서 살았다. 잠도 선 채로 잔다고 했다. 독방의 형벌을 자처한 수인처럼.

　　때는 겨울이었고, 환자들은 다른 '진짜 환자'들이 내뿜는 뜨겁고 신 숨을 증오하는 한편 그 숨에 절박

하기도 하여 병실 안에만 틀어박히곤 했다. 매일 텔레비전에서 한파에 사망한 사람 수를 세는 뉴스가 나왔다. 한 번도 가보지 못한 먼 곳, 주로 미국이나 캐나다 소식이었기에 할리우드의 재난영화처럼 느껴졌다. 아직 자유의여신상은 박살 나지 않았다.

피자언니는 그런 혹한에도 자신만의 방공호에서 나오지 않았다. 허술하기 이를 데 없는 방공호였다. 피자언니는 외투를 네 겹 정도 껴입은 채, 어딘가 잘못된 눈사람의 모습으로, 통화에 열중했다. 오래 목욕하지 않아 머리카락이 번들거렸고 손톱은 새까맸다. 김 서린 창유리에 새겨진 무늬는 언제나 아기 발 도장이었다. 주먹을 쥐어 꾹 누르고 그 위에 손끝으로 콩콩콩콩콩 찍은 다섯 발가락.

오래전 보호사 둘이 피자언니를 부스에서 끌어낸 적이 있었다고 한다. 그다지 좋은 생각은 아니었다. 광포한 짐승으로 돌변한 환자를 통제하지 못한 죄로 얼굴에 생채기가 난 잘생긴 보호사 하나가 사직서를 냈다. 침대에 팔다리가 묶인 피자언니가 무슨 수로 재갈을 밀어내고 혀를 깨물었는지는 아무도 몰랐다. 병원장은 피자언니를 포기하는 것을 암묵적으로 승인했다. 공중전화 부스를 케이지로 여기기로 했다. 피자언니는 점호에서도 제외되었다. 식사는 하루 세 번 부스 문간 바닥에 날라져 놓였다. 피자언니는 평화를 얻었다. 지나가는 사람이 보이면 어김없이 불러 세워 물었다.

"피자 시킬 건데, 드실래요?"

피자언니에게는 동전 한 닢 없었다.

잠에서 깨어나면 의사는 항상 나를 내려다보고 있었다. 나는 자고 싶을 때 자고 싶은 만큼 자고, 먹고 싶을 때 먹고 싶은 만큼 먹을 수 있도록 허락된 부류의 환자였다. 어떻게 일어날 때를 알아 그가 매번 눈앞에 있었는지는 잘 모르겠다. 나는 매일 아침 눈꺼풀을 밀어 올린 것만으로도 첫걸음마에 성공한 아기처럼 의사를 감격시켰다.

"안녕?" 내 선량한 의사는 그렇게 물어오곤 했다.

눈을 뜨면 눈앞의 눈 뜬 사람, 매일 물어주는 안녕, 그런 걸 사랑이라고 부르지 않을 이유가 없다.

그의 구겨지고 더러운 가운이 기억난다. 흰색. 흰색 중에서도 파란 흰색. 주머니에는 노란색 실로 자수 놓인 로마자 이름. 아무렇게나 꽂혀 있는 한 무더기의 펜. 나는 세월이 지난 지금까지도 달궈진 팬에 달걀을 깨뜨릴 때마다 그 의사를 생각한다. 이름은 아무리 애써도 오리무중으로 남아 있다. 그때 나는 나를 분류하던 코드 F의 의미에, 혹은 그 글자 자체에 사로잡혀 있었고, 의사의 이름에 F는 없었다. 당연히 없었다. 한국 사람 이름에는 F가 들어가지 않는다.

요즘 나는 뚱뚱한 개그맨 넷이 나와 음식을 먹는 텔레비전 프로그램을, 주로 식사 때, 딸애와 함께 즐겨 본다. 돌리는 채널마다 그 방송이 나온다. 한번은 출연자 중 가장 나이가 많은, 철딱서니 없는 캐릭터의 개그맨이 개 짖는 소리를 흉내 냈다. 대형견은 F! 중형견은 R! 소형견은 L! 하고 짖는 게 비법이었다. F! 나는 따라 해보았다. 온 힘을 다해 힘을 뺀 F! 정말 그럴듯한 개 짖는 소리였고, 웃겼고, 나는 웃다가 울면서, 티셔츠 자락을 끌어올려 눈가를 찍어 누르면서 한때, 그러니까 내가 코드 F였을 때 이름에 F가 들어가지 않는 의사를 사랑했고, 그 사랑이 이제야 완성되었음을 깨달았다.

"F!" 딸은 내 안색을 살피다 조심스레 그 짖는 소리를 연습했다.

"우와, 제법이네."

딸아이는 의기양양해져서 난리를 피웠다. 왜 아
직 내일이 아니냐며 안달했다. 친구들에게 보여줄 생각
에 신난 게 분명했다. 커서 뭐가 되려는지. 그 애는 짧
고 통통한 손가락을 꼽아가며 유치원에서 배워 온 F로
시작하는 단어들을 주워섬겼다. "패밀리…… 플라
워……."

"또?"

아이가 히죽 웃었다. "퍽 유."

어느 아침에 의사는 안녕? 대신 수상쩍은 검정
비닐봉지를 내 가슴팍에 올렸다. 선물이라고 했다. 봉
지 안에 든 가볍고 무수한 것들이 가슴 양옆으로 부드
럽게 무너졌다. 그날의 회진은 그걸로 끝이었다. 의사
가 병실을 나간 뒤 간병인 아주머니가 침대를 세워주었
다. 나는 스스로의 힘으로 풀 수 있도록 설계된 헐렁한
매듭을 풀었다.

튀밥이었다.

"먹으라는 게 아니란다." 간병인 아주머니가 서
둘러 나를 달랬다. "먹이라셨어. 잉어 모이라더구나."

나는 튀밥 안에 손을 밀어넣어 오종종한 알갱이

들을 만졌다. 손가락을 움직이자 그것들이 가슬거리며 손 모양에 맞춰 자리를 바꾸었고, 기분이 좋아졌다. 그러다 지금은 겨울이라는 데 생각이 닿았다. 한강도 얼었다는데 하물며 인공호수는. 나는 얼음 안에 박제되었을 빨갛거나 검은 잉어를 떠올렸다.

옆 침대 여자가 5분에 한 번꼴로 반복하는 자위행위를 다시 시작했기에 나는 전동휠체어에 옮겨 앉았다. 몹시 번거로운 일이었다. 간병인 아주머니가 마리오네트에 하는 것처럼 사지를 들어 움직여주어야 했다. 한 주먹, 그 정도 양의 근육이 뼈에 얇게 발려 있다고 들었다. 나는 외투에 달린 모자를 쓰기 위해 팔을 들어 올리려 했다. 아주머니가 참을성을 갖고 지켜보다가 결국 모자를 씌워주었다. 창밖으로 눈발이 흩날리고 있었다. 아주머니는 자기 소유의 우산을 내 옆에서 들어주고 싶어 했다. 나는 고개를 저었다.

인공호수에 가려면 산책로를 지나야 했다. 나는 공중전화 부스에 눈길을 주지 않으려 노력했다. 내가 보지 않으면 그쪽에서도 나를 보지 못하리라 믿으면서. 그건 지금까지도 고수되는 삶의 문법인데, 한 번도 맞았던 적이 없다.

"애," 피자언니가 부스 안에서 외쳤다. 문고리를 자기 쪽으로 잡아당긴 채. "피자 먹을래?"

"아니요."

"너 미라 같아!"

"괜찮아요." 나는 힘없이 말했다. "언니는 미친 사람 같아요."

나는 휠체어 조작부의 스틱을 밀었다. 피아노포르테가 아니라 하프시코드 양식의 장치였다. 가하는 압력과 무관히 속도는 동일한데도 빨리 가고 싶으면 세게 밀게 되었다. 손가락에는 몇 그램의 근육이 필요할까. 나는 외투 무게에 압사당할 것 같은 기분으로 계속 나아갔다. 추운 것보다는 낫겠지. 동사자의 주검은 옷을 다 벗은 모습으로 발견된다는 얘기가 떠올랐다. 춥다 못해 뜨거워 훌훌 벗어던진다고. 나는 옷 무게를 견뎠다. 나체로 발견되고 싶지 않았다. 요철을 만날 때마다 허벅지 위의 튀밥이 토독토독 튀었다.

그날 나는 물이 얼었는지, 잉어가 살아 있는지 확인하지 못했다. 손에 힘을 풀자 끊어진 팔찌의 비즈들처럼 튀밥이 발밑으로 흩어졌다. 떨어지는 소리는 들리지 않았다. 그 사려 깊은 의사는 아마도 인공호수 앞에 반 뼘 높이의 턱이 있다는 사실을 몰랐던 것 같다.

면회는 일주일에 한 번 정해진 시간에만 가능했다. 외부인은 소지품을 검사받은 뒤 들어올 수 있었다. 엄마는 외부인이었다. 수요일마다 눈이나 비가 내렸다. 엄마가 자신을 불쌍하게 보이도록 기후를 조정하는 게 아닌가 하는 착각이 들 정도였다. 그날도 엄마는 홀딱 젖은 초라한 모습으로 접견실에 나타났다. 손이 많이 가는 음식을, 그곳 환자들을 다 먹일 수 있을 만큼 해왔다. 남은 건 죄 싸 들고 돌아가야 했음에도. 나는 되는대로 입 안에 집어넣었고, 삼켰던 걸 즉시 바닥에 게워냈다.

"이유가 뭐야……." 엄마는 그때까지 수천 번은 했을 말을 되풀이했다.

처음에는 구토 증세 없이 체중이 줄었다. 몸무게 앞자리가 두 번 바뀌었다. 엄마는 몸에 좋다는 음식을 자주, 많이 먹였다. 차도가 없었다. 이쪽 방면으로 유명하다는 3차병원에서 원인을 알 수 없다는 얘기를 들은 뒤에야 엄마는 나를 병원에 데리고 다니는 걸 포기했다. 처음에 나는 엄마를 이해시키기 위해 억지로 토했던 것 같다. 엄마가, 이번에는, 구토의 원인을 찾아다 니리라는 것을 모른 채. 엄마가 구마 신부를 집으로 데려온 날, 아빠는 나를 밖으로 빼돌려 자동차 뒷좌석에 태웠다.

엄마가 라디에이터 앞에 쭈그려 앉아 머리카락을 말렸다.

"엄마는 우산이 없는 거야?"

"있으면 뭐 하니. 우산 들 손이 없는데."

"나는 우산이 없어."

"그래도 겨울이라 다행이지 뭐야." 엄마가 내 말을 무시했다. "가뜩이나 손목도 시큰거리는데 여름이었으면 아이스박스까지 들어야 했을 거 아냐. 밖이 아이스박스 안이라 얼마나 다행인지." 엄마는 무슨 대단한 생각을 해냈다는 듯 만족스러운 웃음을 터뜨렸다.

엄마는 본인에게만 흥미로운 소식을 내게 전해주었다. 막냇삼촌이 신붓감을 인사시켰다고 했다. 착한데, 착하기만 하다고 했다. 영리해 보이지 않아 걱정이라고 했다. 엄마는 한숨 쉬었다. "귀가 짝짝이더라."

"나는 우산이 없어! 나는 우산이 없어! 나는 우산이 없어!" 나는 세 번 소리 질렀다. 우산 끝을 돌에 갈아 자기 배를 찌른 정신 나간 사람과 같은 병실을 쓰고 있다고는 말할 수 없을 터였다.

"아직 바락거릴 힘은 있나 보구나." 엄마가 테이블 위의 찬합을 착착 포갰다. "나 원 참…… 귀가 너무 짝짝이야."

엄마는 아빠가 주었다면서 구형 아이팟을 건넸다. 편지봉투 안에 예쁘게 포장되어 있었다. 엄마가 돌아간 뒤 나는 이어폰만 압수당했다. 목맬 위험 때문이었다. 가져가려면 다 가져갈 것이지 그런 식으로 어떤 가능성에 몰두하게 했다. 빼앗기지 않았더라면 머릿속 가상의 줄을 가지고 이런저런 시뮬레이션을 해볼 일도 없었으리라.

노래는 흑백 액정 안에서 소리 없이 재생되었다. 나는 왼쪽으로 흐르는 노래 제목을 들여다보며 멜로디와 가사를 상상했다. 〈개여울〉 〈아직도 기억하고 있어요〉 〈귀로〉 〈피려거든, 그 꽃이여〉 〈휘파람을 부세요〉. 아름다웠다. 그 노래들은 내가 아름답다고 믿는 만큼만 아름다웠다.

내 튤립 같은 딸은 내가 목욕을 하고 나오면 임

산부들이 배에 바르는 튼살크림을 조그만 손으로 발라준다. 몸 전체에 펴 발라야 하므로 적지 않은 시간이 든다. 내가 세상에 너무 많은 자리를 차지하고 있지는 않은지 두려워진다. 딸은 손바닥을 치덕거리며 나를 아가라고 부르는 걸 좋아한다. 나는 헐벗은 몸으로 아이가 충분히 놀고 싫증 낼 때까지 기다린다. 그 애는 끈기나 인내 같은 덕목을 내게 가르쳐준다. 그런 식으로 무방비하게 몸을 내맡기고 있자면 무섭고 오싹해지면서도 안도감이 찾아온다. 이 파렴치한 몸뚱이가 견딜 만한 것으로 믿어진다.

언젠가 딸은 내 살갗에 새겨진 징그러운 금의 출처를 궁금해했다. 나는 리히텐베르크 무늬라고 알려주었다. 번개에 맞았다고. 너무 이르게 사둔 어린이 과학전집에서 읽었던 내용으로, 순전히 그 애를 겁주기 위해서였다. 번개라는 말을 듣는 순간 딸애가 감전된 사람처럼 움찔하는 바람에 웃었던 기억이 난다. 그러면서도 아이는 손을 떼지 않았고, 나는 이 가여운 꼬맹이를 속인 것을 후회했다. 그날 나는 엄마가 오래도록 찾아 헤맸던 어릴 적 내 병증의 이유를 알게 되었다. 번개에 맞았다는 얘기는 어쩌면 거짓말이 아니었다.

하굣길에 나는 혼자 집으로 걸어가고 있었다. 최대한 모퉁이를 많이 돌며 걸었다. 집에 거의 도착할 때쯤 나는 픽 넘어졌다. 하늘이 보였다. 아무것도 없는 우윳빛 하늘이었다. 느닷없는 하늘. 실명은 임시적이었다. 멋있는 블루종을 입은 남자가 나를 일으켜 세웠다. 떠나면서 그는 돌아보지 않았다. 그에게는 벌어지지 않은 일이었다. 나는 옷에 묻은 흙먼지를 털었다. 단추를 채우고 책가방을 고쳐 맸다.

다시 걷기 위해 발을 내디뎠을 때, 땅이 단숨에 눈앞으로 다가왔다. 넘어진 것 같았다. 이번에도, 이번에는, 혼자였다. 몸의 부분들이 카드 패처럼 뒤섞이며 순서를 바꾸는 게 느껴졌다. 너무 빨라 일별하기 어려웠고, 멀미가 났다. 나는 팔다리를 자세히 들여다보면서 그것들이 어떻게 움직였던가를 기억해내려 했다. 다만 집으로 돌아가고 싶었다. 거의 다 왔다.

나는 불행과 우연히 충돌했다고 생각했다. 그리고 우연에는 이유가 깃들지 못한다는 것을 받아들였다. 기억이 쫓겨나며 많은 것을 데리고 갔다. 스스로를 속여 넘겼다는 사실이 쇠공처럼 몸속을 굴러다니며 내 물성을 감각시키리라는 것을 그때 알았더라면. 내 몸이 가능성의 장소일 뿐이라는 걸 조금 나중에 알았더라면. 몇 달 뒤 나는 아직 어리숙하고 어리둥절하고 허둥거리는 젊은 여자에 불과한 엄마를 대신해 정신병동에 갔혔다.

　　튀밥을 쏟은 다음 날 아침 의사는 안녕? 묻더니 무언가를 찾는 듯 주변을 둘러보았다. 그는 서양 사람처럼 가운데가 쪼개진 자신의 각지고 단단한 턱을 문지르더니 흡족해하며 웃었다. 내가 그의 소원대로 잉어에게 모이를 줬다고 생각하는 모양이었다. 모이를 주면서 몇 알 집어 먹었는지도 모른다고.

　　"어때, 잘 먹던?"

　　"네."

　　의사가 내 오른손 근처에다 자기 손바닥을 펼쳐 보였다. 나는 하이파이브했다. 그가 자위에 열중하고 있는 옆 환자를 문진하는 동안 나는 전동휠체어에 앉았다. 간병인 아주머니는 의사가 자리를 뜨자 사물함의 잠금을 풀고 몰래 자기 우산을 빌려주었다.

　　인공호수 턱 앞에 다다라 나는 바닥의 튀밥이 모두 치워져 있는 걸 확인했다. 한 톨도, 단 한 톨도 남아 있지 않았다. 나는 거의 싸우다시피 하며 우산을 접었다. 우산 끝을 턱에 갈았다. 거칠어진 숨이 정돈되기를 기다렸다가 다시 갈았다. 하루아침에 될 것 같지 않았다. 눈비가 매일 내릴 리 없었고, 간병인 아주머니가 매일 같은 우산을 빌려주리라는 보장도 없었다. 완성될 때쯤이면 근육이 단련되어 있겠지. 건강해졌다는 이유로 내보내지겠지. 우산을 갈며 나는 내가 살고 싶어 한다는 걸 알았다.

　　나는 스틱을 움직여 휠체어 방향을 돌렸다. 바퀴가 턱을 타는 느낌이 들었다. 휠체어가 기우뚱해진 채 잠깐 고민에 빠진 듯 멈추었다. 잠시 후 나는 바닥에 처박힌 채 상황을 이해하려 노력했다. 내가 기우는 쪽으로 무게중심을 옮겼는지, 아니면 반반의 확률로 우연히 넘어졌는지. 우산이 저 혼자서 팡 하고 펴졌다. 투명한 우산에는 민들레 홀씨가 날아가는 모습이 어지럽게 프린트되어 있었다. 바람이 불었다. 우산이 우스꽝스러운 모습으로 굴러갔다.

　　해가 졌다. 시간이 신중히 흘렀다. 작고 가벼운 눈송이가 내려앉았다. 녹다가 쌓였다. 귀머거리였더라면 눈이 내리는 소리를 들을 수 있었을 텐데. 나는 몸을 떠는 걸 그만두었다. 그러자 편했다. 피부가 불에 덴 것처럼 뜨거워졌다. 옷을 벗어던질 만한 힘이 없어 다행이라는 생각이 들 때쯤, 멀리 눈사람의 실루엣이 보였다. 눈을 깜빡일 때마다 형상이 커졌다. 이쪽으로 뒤뚱거리며 달려오는 눈사람을 알아본 뒤 나는 눈을 감았다.

"안녕?" 의사가 지친 얼굴로 미소 지었다.

"안녕하세요."

"잘했어."

나는 눈을 감았고, 다시 잠 속으로 허물어졌다.

새로 온 조선족 간병인은 내가 닷새를 내리 잤고, 잠깐 깼다가 하루를 더 잤다는 얘기를 횡설수설 정신 사납게 전해주었다. 먼젓번의 과묵하고 친절한 간병인 아주머니는 업무태만과 부주의에 대한 징계로 험하다고 이름난 병실로 이동된 뒤였다. 업무태만은 환자를 혼자 둔 것, 부주의는 우산이었다. 앞보다 뒤의 벌이 더 컸다.

나는 손등에 꽂혀 있는 주삿바늘을 뽑았다. 검지의 클립을 빼고 전선을 걷어냈다. 새 간병인은 나를 전동휠체어에 태우면서도 그게 무엇을 의미하는지 몰랐다. 그녀를 난처하게 할 마음은 없었다. 만만하게 본 것도 아니었다. 노동력은 항상 부족했으므로 나쁜 일만 일어나지 않는다면 이 정도 소홀쯤은 눈감아줄 터였다.

"너 피자 먹을래?"

"네."

피자언니는 얼굴을 온통 일그러뜨린 채 웃었다.

나는 시큼하고 묽은 침을 바닥에 뱉었다. 그 음식을 생각하자 침샘이 바늘로 찔린 듯 아렸다. 토하지는 않았다. 토할 만한 게 배 속에 들어 있지 않았다. 한때 나는 그 음식을 좋아했다. 그건 지금도 마찬가지였다. 나는 좋아하는 것과 받아들이는 건 다른 문제임을 깨달았다.

"피자를 먹겠다고?"

"네."

"잘됐다." 약간 자신 없어 보이는 말투였다. "내가 마침 피자를 시키려고 했거든."

맨발에 삼선슬리퍼를 신은 보호사가 팔뚝을 쓸어대면서 뛰어 지나갔다. 나는 몸을 움츠린 채 그를 보지 않았다.

피자언니는 주문은 하지 않고 딴청을 부렸다.

유리에 아기 발 도장을 찍어가면서. 훗날 나는 딸아이로부터 그 무늬를 배울 터였다. 그런 걸 알려줄 부모가 있는 친구에게서 배워 온 무늬를. 엄마, 이렇게. 아아니, 이렇게 주먹을 쥐라고. 여태껏 얼마나 많은 창유리에 얼마나 많은 발자국이 찍혀왔을지 나는 헤아려볼 것이다. 앞으로는 또 얼마나. 나는 아이의 손등에 내 손바닥을 포갠 채 여긴 이렇게 하는 거라고 알려줄 것이다. 발가락은 한 손가락으로만 찍는 게 아니야. 엄지는 엄지로 검지는 검지로…… 왜? 아이는 물을 것이고, 나는 몰라 그냥, 대답할 것이다. 엄마는 왜 맨날 모른다고만 해? 모르겠네. 왼손잡이인 딸은 왼발밖에 만들지 못할 것이고 나는 그 옆에 오른발을 짝지어줄 것이다. 이것 봐, 걸어가고 있네. 좀 비틀거리네.

피자언니가 별안간 전원이 내려진 기계처럼 손을 아래로 떨어뜨렸다. 영원히 지속될 것 같은 텅 빈 표정이었다. 입술이 파랬다. 성긴 머리카락 속이 식은땀으로 반짝거렸다. 나는 의도치 않게 피자언니를 시험했다는 사실을 깨달았다. 휠체어의 스틱을 밀었다.

"잠깐만!" 뒤편에서 피자언니가 외쳤다.

나는 스틱을 당겼다.

부스 문이 열렸다. 경첩들이 각기 다른 음조로 삐걱거렸다. 피자언니는 숨을 참은 채 내게 뭔가를 집 어던졌다. 문이 닫히자마자 허겁지겁 공기를 빨아들였 다. 많이 보던 물건이었다.

"총 몇 개인지 알아?"

나는 튀밥 봉지를 부스럭거리며 세는 척했다. "팔천구백서른세 개."

"너 되게 똑똑하다!" 피자언니가 괴성을 질렀 다. "똑똑해! 똑똑한 미라!"

피자언니가 튀밥을 쓸어 담기 위해 인공호수까 지 몇 번을 왔다 갔다 했을지 알 수 없었다. 몇 번을 그 방공호에서 나와야 했을지. 자기 피부라고 믿는 유리 벽 안에서 몇 번을 마음먹어야 했을지.

"아줌마도 피자 드시려고요?"

나는 상반신을 틀어 피자언니의 시선이 멈췄던 지점을 올려다봤다. 간병인 아주머니가 민들레 홀씨가 그려진 투명한 우산을 내 머리 위에 받치고 있었다. 아 주머니는 내게 우산을 들게 하더니 도저히 풀 수 없게 묶인 봉지 매듭을 풀었다. 살덩이가 드러나도록 바짝 깎은 손톱으로. 우산이 휘청거렸다. 나는 우산대를 짧게 잡았다. 아주머니는 봉지를 다시 헐겁게 묶어 내 품에 안겨주었다.

　　그날 밤 나는 침대에 모로 누운 채 튀밥 안에 손을 손목까지 담갔다. 몇 개일까. 나는 그걸 한참 가지고 놀았다. 침대마다 코 고는 소리가 들렸다. 자야 할 시간이었다. 나는 봉지 손잡이 부분을 두 번 묶은 다음 망망대해의 스티로폼인 것처럼 꾸러미를 끌어안았다. 손 전체에 고르게 입혀진 설탕 가루를 혀끝으로 핥아보았다.

　　크리스마스가 다가오자 병동 직원들은 똑같은 산타 모자를 쓰고 다녔다. 전통은 아니었다. 그들은 뭔가를 연출해야만 했다. 보조금 예산을 집행하는 관계자가 곧 감사를 위해 파견될 거라고 했다. 형식적인 절차였지만 병원장은 그자에게 좋은 인상을 주고 싶어 했다. 경비원과 미화원이 한시적으로 충원되었다. 근사하고 쓸모없는 치료 프로그램이 증설되었다. 평소보다 조용한 병동 복도는 디데이가 임박했음을 알리고 있었다. 환자들의 협조로 이루어진 결과는 아니었다. 금수가 보조금이 무엇인지 어떻게 알겠는가. 환자들은 몸이 부은 채 자주 멍하고 졸려 했다.

병원장은 무슨 생각인지 보호사들을 대상으로
팔씨름대회라는 깜짝 이벤트를 열었다. 대상, 금상, 은
상, 동상을 받은 네 명에게 돌아갈 부상은 이틀간의 유
급휴가였다. 초짜들이 영예를 차지했다. 그들 넷에게는
휴가 전 피자언니를 공중전화 부스에서 끌어내라는 임
무가 주어졌다. 병원에서 마지막으로 해결해야 할 문젯
거리는 오래 생각할 것도 없이 피자언니였다. 위생과는
거리가 먼 모습으로 혼자서만 치외법권에 놓여 있는 정
신병자.

삼선슬리퍼 대신 스웨이드 로퍼를 신고 다니기
시작한 보호사가 내 침대를 찾아왔다. 대회에서 운 나
쁘게 동상을 수상한 보호사였다. 그는 내 조언을 구했
다. 수심이 깊어 보였다. 그는 겁에 질려 있었다.

"피자언니가 너 무지 좋아하더라."

나는 어깨를 으쓱했다.

보호사가 커튼을 치고는 말소리를 낮추었다. 나
는 그가 작당 모의를 하려 한다는 걸 알아챘다. 장사로
뽑힌 네 사람은 피자로 피자언니를 유인한 뒤 진정제를
주사할 예정이었다. 피자로는 마음이 놓이지 않는다고
했다. 미끼가 더 필요하다고 했다.

"오빠 좀 도와주면 안 될까?"

"좋아하는 거랑 받아들이는 건 달라요."

"너는 아무것도 안 해도 돼. 가만히 앉아 있기만 하면 돼."

나는 그들이 어떤 짓을 꾸미든 관심 없었다. 나와 무관한 일이었다. 나는 그냥 그 자리에 있고 싶지 않았다. 가만히 앉아 있는 게 아무것도 안 한다는 걸 의미하지는 않았다.

"선생님."

"응?"

"호수에 잉어 있어요?"

"잉어?" 보호사가 나를 환자 보듯 봤다. "잉어가 어디 있어. 겨울인데. 물 다 뺐는데."

나는 무표정한 얼굴 안에서 조금 웃었다. 알고는 있었으나 직접 들으니 속이 후련했다. 나는 하지 않겠다고 말한 뒤 이불을 머리끝까지 끌어올렸다.

며칠 뒤 나는 은색 알루미늄 휠체어에 태워져 공중전화 부스 근처로 옮겨졌다. 이불에 감싸인 채였고, 부지불식간이었다. 모두 잠든 자정 무렵이었다. 로퍼를 신은 보호사가 내 눈을 피했다. 나는 달아날 수 없었다. 스틱이 없었다.

피자언니가 일회용 접시에 담긴 피자 한 조각을 보자마자 기겁하며 날뛴 건 누구도 예상하지 못한 일이 었다. 피자언니는 비대한 몸뚱이를 사면에 부딪쳐가며 울부짖었다. 공중전화 부스가 흔들거렸다. 네 장정은 우왕좌왕했다. 손전등 불빛이 요동치며 어둠을 할퀴었다. 산책로와 면해 있는 쪽 병동 창문이 하나둘 밝아졌다. 환자들이 창살에 매달려 낮고 음울한 소리를 내질렀다.

나는 고개를 배꼽까지 수그리고 눈을 감았다.

오래지 않아 병동 안이 잠잠해졌다. 당직 간호사가 투입된 모양이었다. 이곳 상황도 서서히 정리되어가는 듯싶었다. 주사를 놓기 전 약간의 폭력이 동원되었다. 누가 총대를 멨는지는 알 수 없었다. 나는 천천히 눈을 치떴다. 피자언니는 사지를 늘어뜨린 채 들것에 실려 있었다. 반쯤 열린 눈꺼풀 안에서 눈알이 맥없이 굴렀다. 검은자위가 잠시 내 쪽을 향한 것 같았다.

보조금은 무사히 책정되었다. 몇 가지 항목을 채점한 결과 병원은 한 단계 위 등급으로 올라갈 수 있는 점수를 얻었다. 병원 측에서 그 일을 특별히 경사스러워했던 것 같지는 않다. 표와 숫자로 이루어진 공시가 게시판에, 압정이 아니라 스카치테이프로, 잠깐 게재되었을 뿐이었다. 크리스마스가 지났다. 직원이나 환자나 그 웃기지도 않은 산타 모자를 더 보지 않아도 된다는 데 안도했다. 해가 바뀌었다. 지난해 취임한 시장이 쑥색 두루마기 차림으로 보신각종을 쳤다. 한 시민이 사법고시에 합격하길 빌었다고 인터뷰했다.

공중전화 부스는 비어 있었다.

수요일에 나는 이동식 침대에 누운 채 접견실로 옮겨졌다. 현상 유지 중이던 몸무게가 갑자기 빠른 속도로 준 터였다. 앉아 있는 것도 힘들게 되었다. 오줌은 기저귀에 쌌다. 말인즉 나는 면회가 불가능한 상황이었다. 사정을 모르던 엄마는 당장 딸을 데려오라며 로비에 드러누워 악다구니를 썼다.

간호사 둘이 접견실의 테이블과 의자를 빼내 침대가 들어갈 만한 공간을 마련했다. 엄마는 정작 나를 보는 척도 안 했다. 먹일 수 없다는 걸 알면서도 괜히 음식을 펼쳐놓았다. 삶고 찌고 볶고 조리고 지지고 튀긴 것들. 정성 들여 못살게 군 것들.

"먹어."

"응."

나는 영양제가 방울져 떨어지는 모습을 바라봤다. 그런 걸 보고 있으면 시간이 잘 갔다. 영양제 한 팩이 몇 방울로 나뉘는지 나는 정확히 댈 수 있었다.

엄마가 완자를 손으로 집어 내 입술에다 문질렀다. "먹어!"

소리를 들은 보호사가 문을 열고 들어와 엄마의 두 팔을 능숙하게 붙들었다. 엄마는 복도로 끌려 나갔다가 한참 뒤 다시 돌아왔다. 주사를 맞은 것 같지는 않았다.

"이유가 뭐야……."

나는 눈가에 팔을 얹었다.

"내가 너한테 뭐 잘못한 거라도 있니?"

나는 고개를 가로저었다. 엄마가 말로 하라고 했다. 나는 아니라고 말했다. 모르겠다고 말했다.

"엄마 무서워." 엄마가 말했다. "엄마도 무서워."

엄마는 안경을 벗었다. 찬합을 쌌던 실크 보자기의 귀퉁이로 안경알을 꼼꼼히 문질러 닦았다. 닦일 리 없었다. 닦을수록 더러워졌다. 엄마는 눈앞이 뿌예

지는 게 안경알이 더러워서라고 믿고 싶어 했다.

유리가 고체가 아니라는 것을 그때 내가 몰랐던 건 확실하다. 세월이 지난 뒤 어린이 과학전집에서 배우게 될 내용이었다. 그럼에도 나는 미래로 훌쩍 뛰어가 책장을 넘겨 본 뒤 다시 과거로 돌아온 것처럼 그 안경알이 아주 오랜 시간을 들여 은밀히 아래로 흐르리라는 것을 알았다.

"너희 막냇삼촌 결혼한단다." 엄마가 콧물을 들이마셨다. "그 짝짝이 귀랑 기어코……."

"엄마도 짝짝이야."

엄마가 나를 쳐다봤다.

"오른쪽 귀가 더 위에 있어. 그래서 안경도 삐뚤어지고 그러는 거야."

엄마가 코웃음을 쳤다. "그래. 너만 잘났지."

다른 병원 앰뷸런스가 이곳 환자를 실어 갔다는 소문이 도는 데 하루는 충분한 시간이었다. 그다음에는 수사 차량이 드나들었다. 병원장이 소환되었다고 했다. 나는 이불을 뒤집어쓴 채 숙덕거리는 소리를 듣지 않으려 애썼다. 듣지 않으면 일어나지 않은 일이 되기라도 한다는 듯. 왜 귀는 감을 수 없는가 생각하면서.

"안녕?"

나는 응답하지 않았다.

의사는 삼선슬리퍼 보호사로부터 내가 잉어를 찾더라는 얘기를 들었다고 말했다. 인공호수에는 잉어가 있다고 했다. 장난도 함정도 아니었다고. 의사는 턱을 확인하지 못한 건 자기 잘못이라고 사과했다.

"어쩌면 알았는지도 모르겠다. 거기 턱이 있어서 내가 너한테 모이를 줬는가 봐. 네가 마음만 먹으면 휠체어에서 일어날 수 있다고 생각한 모양이야."

마음만 먹으면. 그게 얼마나 허망한 말인지 나는 이제부터 수도 없이 배울 터였다.

"피자언니는 어디 있어요?"

의사가 몸을 기울여 내 머리카락을 귀 뒤로 넘겨주었다. 펜이 얼굴로 쏟아질 것 같았다. "그건 네가 걱정하지 않아도 된다."

"궁금한 거예요."

의사는 무슨 말을 꺼내려다가 말았다. 그러더니 마른세수를 하며 자기 얼굴을 가렸다. 면도하지 않은 턱이 보였다. 언젠가 그런 턱을 본 적 있었다. 가운데가 쪼개진 턱. 수두룩한 바늘에 눈동자를 찔리는 상상. 눈을 감아도 느껴지던 빛. 압도. 나는 의사를 사랑하는 게 아니었다. 그의 턱을 사랑했다. 혹은 무력감을.

나는 기다렸다.

"네 잘못이 아니야." 의사가 말했다.

그것이 면허 없는 돌팔이 의사의 마지막 모습이었다. 병원장이 바뀌면서 의료진 대부분이 물갈이되었다. 방송국 취재 차가 병원 밖에서 진을 쳤다. 텔레비전에 나오는 건 보지 못했다. 병원이 어수선한 틈을 타 나는 아빠에게 전화했다. 조선족 간병인의 핸드폰을 빌렸다. 자연스러운 일인 양 연기만 하면 되었다. 나는 수화기 너머 아빠에게 이곳에서 배운 자살 방법을 나열했다. 나열하며 하나씩 잊었다. 검은 비닐봉지를 머리에 뒤집어쓰는 건 내가 고안한 방법인 것 같았고, 나는 놀랐다. 나는 그것도 잊었다.

오늘 내 딸이 넘어졌다. 하원길에서였다. 나는 일정한 속도로 땅을 밀어내며 걸었고, 아이는 저 앞으로, 너무 멀지는 않게 달려갔다가 되돌아왔다. 다시 달려갔다가 돌아왔다. 애들은 왜 뛸까. 그 꼬맹이는 대여

섯 번 그렇게 하고는 기진맥진해졌다. 마지막이라고 생각될 때쯤 자기 발에 걸려 넘어졌다.

나는 서두르지 않고 그리로 걸어갔다. 넘어지는 걸 처음 보는 건 아니었다. 넘어질 나이였다. 그럼에도 번번이 마음이 무너져 내렸다. 내가 아는 한 마음은 단수형이 아니었다. 하나로 온전했던 게 부서진다기보다는 바투 분분했던 게 흩어지는 쪽에 가까웠다. 그 편이 덜 아프다는 건 축복이었다.

아이는 나를 올려다봤다. 울어야 하는지 말아야 하는지 알려달라는 듯. 코끝이 붉었다. 나는 그 애가 느껴야 하는 감정을 미리 알려주지 않았다. 네가 알아서 해, 나는 생각했다. 네가 알아서 알아내. 칭찬하지도 혼내지도 않을 거야.

집으로 돌아와 저녁을 먹으며 우리는 투니버스에서 하는 〈짱구는 못말려〉를 보았다. 19기였다. 그림체가 크게 달라지지는 않았다. 스마트폰이나 태블릿피시가 등장하는 게 신기했다. 그것 말고도 어딘가 자꾸 낯설다 싶었는데, 아빠 캐릭터의 성우가 바뀌어서였다. 부부는 한결 서로에게 다정했다. 짱구는 이전의 악마성을 잃고 온순해졌다.

딸을 씻기며 나는 아이의 뒤꿈치가 조금 더 단단해진 걸 느꼈다. 하루가 다르게 그랬다. 걸은 지 얼마나 됐다고 벌써 그랬다. 나는 내가 슬픈 것인지 생각해보았다. 내게도 알아서 알아내야 하는 게 있었다. 그 애는 내게 전부 처음이었다.

딸은 거의 다 쓴 튼살크림을 통에서 긁어내다가 하마터면 먹을 뻔했다. 요거트로 착각한 것 같았다. 그 애는 요거트 가운데를 떠먹는 것보다 벽 쪽에 묻은 걸 긁어 먹기를 더 좋아해서 늘 처음에는 누가 조금 먹어주어야 한다. 그 일은 대개 내 몫이고, 나는 기꺼이 그렇게 한다. 나는 이제 되었다고 생각했다. 이제 더 사지 않아도 되겠다고.

"엄마, 번개 맞았다는 거 거짓말이지?"

"응."

평소보다 이르게 어두워지더니 밤부터 비가 내렸다. 예보에 없던 폭우였다. 나는 불안해하는 딸을 침대에 눕히고 그 애의 심장이 뛰는 속도보다 느리게 가슴을 토닥여주었다. 딸은 번개가 왜 있는지 궁금해했다. 잠들기 아쉬울 때면 꼬리를 물고 이어지는 왜. 며칠 전 육아책에서 읽었던 내용이 기억났다. 이유를 물으면 결과로 답해주세요. 달이 왜 따라오느냐고 물으면 길을 밝혀주기 위해서라고 답해주세요. 나는 어린이 과학전집에서 보고 외워두었던 부분을 설명했다. 졸음에 겨워하던 딸이 내 귀를 잡아당겼다.

"그냥 말해도 돼, 아가. 여기 우리밖에 없어."

딸은 몸을 꼬고 부끄러워하면서 안 된다고 속삭였다. 나는 그 애의 조그만 입가에 귀를 가져다 댔다.

"아무한테도 얘기하면 안 돼."

"알겠어."

별다른 소란 없이 비가 잦아들었다. 나는 토닥이는 속도를 늦추다가 손을 뗐다. 잠든 딸의 귀에 입을 가져가 대답을 들려주었다. 오래전, 휠체어에서 일어난 어린아이가 공중전화 위에 올려두고 나온 노래 가사를.

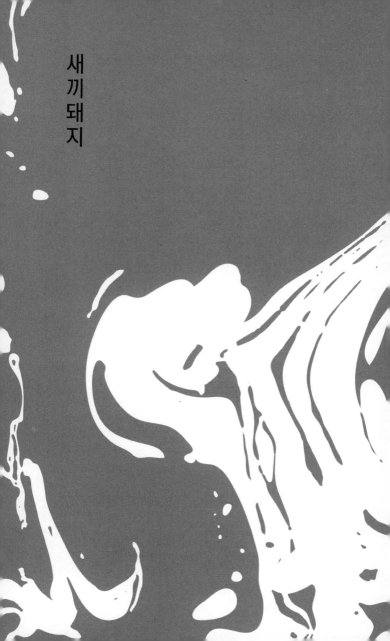

새끼돼지

나는 살면서 호아를 단 한 번 보았다. 그때 나는 고등학생이었고, 호아는 눈부시게 비참한 웨딩드레스를 입고 있었다. 마을회관에서 조촐히 치러진 결혼식이었다. 호아는 더운 나라에서 왔고 나와 같은 나이였다. 배 속에는 하엘이 있었다. 어른들이 나를 새 신부 앞으로 떠밀었을 때 호아는 이를 드러내고 웃었다. 예브다, 예브다, 하고 내 몸을 만지며 탄성을 터뜨렸다. 나는 교복 치마를 움켜쥔 채 입을 꾹 다물었다. 그때 나를 수치스럽게 한 게 호아의 피부색이었는지 어린 나이와 천진난만함이었는지 배 속의 아기였는지 타인에 스스럼없는 태도였는지 나는 여전히 알지 못한다.

　순철 오빠는 형광에 가까울 정도로 피부가 하얬다. 비만한 체형이 피부색을 더욱 부각시켰다. 사진사가 노출을 맞추느라 애를 먹었던 기억이 난다. 검은 턱시도를 입은 흰 남자와 흰 드레스를 입은 검은 여자. 둘은 잘 어울렸다. 순철 오빠의 발음이 아내인 호아만큼이나 어눌하다는 것도 하나의 증거처럼 느껴졌다. 나는 순철 오빠가 고모의 아들이라는 걸 그 결혼식에서 처음 알게 되었다. 순철 오빠가 고모와 함께 있는 모습을 전에는 본 적이 없었다. 내 기억 속 순철 오빠는 누구의 아들이 아니라 그냥 '순철 오빠'였다. 순철 오빠는 나이가 많기도 했지만 많아 보이기도 했다. 고모와 비슷한 연배로 보일 정도였다. 명절이나 집안 행사 자리에서 마주칠 때면 나는 존댓말을 쓰지 않기 위해 항상 말끝을 흐리곤 했었다. 턱과 목 사이에 자리 잡은, 인두에 덴 듯한 흉터를 보지 않으려 노력하면서.

　나는 본가에 내려갈 때마다 하엘의 성장을 매번 놀라며 확인했다. 나는 첫 조카인 하엘에게 어떤 애틋함도 느끼지 못했다. 나와 무관한 생명체라고 느껴졌다. 피부색은 아빠, 이목구비는 엄마를 닮은 생김새가 이질적이어서였을까. 어쩌면 우리는 서로에게 쑥스러웠는지도 모른다. 부부는 언제나 각자의 이유로 부재중이었다. 호아는 여기저기 마실 다니느라 바빴고 순철 오빠는 전국의 축제와 행사장을 돌아다니며 싸구려 플라스틱 장난감이나 색소가 든 달아빠진 불량식품을 팔았다. 호아는 늘 누군가의 수화기 너머에서 쩌렁쩌렁 울리는 화사한 목소리로 자신의 존재를 알렸다. 순철 오빠는 유순하고 주눅 든 대형견 같은 모습으로 가끔씩 모습을 드러냈다.

호아가 내게 전화를 걸어왔을 때는 그 결혼식으로부터 10년이 더 넘게 지난 시점이었다. 그때 우리 식구들은 이미 고모네 일가와 인연을 끊은 뒤였다. 호아는 남편과 아들을 데리고 베트남으로 떠날 계획을 세웠다고 말했다. 부자의 체류 문제를 알아보러 자기가 먼저 친정에 들를 예정이라고 했다. 호아는 내게 그간 겪은 고초를 토로했다. 우리가 고모네와 절연한 이유와 대부분 일치했다.

고모의 딸이자 순철 오빠의 여동생인 정아 언니는 목회자와 결혼했다. 사촌형부는 가슴이 단단하고 자신만만하고 능글거리고 목청 좋은 사기꾼 스타일의 남자였다. 사촌형부는 시 변두리 논두렁에 좀 뚱딴지같은 교회를 지었다. 정아 언니와 사촌형부는 내 할머니를 모시고 살았는데, 사실상 인질이나 다름없었다. 할머니의 연금 통장이 그들 수중에 있었던 건 차치하고, 그 교회의 독실한 신자가 되는 조건하에서만 우리는 할머니의 얼굴을 볼 수 있었다. 대충 노래를 따라 부르고 기도하는 척하는 것만으로는 안 되었다. 다른 신자를 데려오는 것으로, 헌금과 십일조를 내는 것으로 독실함을 증명해야 했다. 고모는 오랜 세월 운영해온 춘향주단을 접은 뒤 그 교회에서 집사라는 직함의 식모가 되었다. 목사님, 목사님, 하며 사위의 뒤치다꺼리를 하고 다녔다. 사촌형부가 할머니와 고모에게 세뇌한 바에 의하면 우리는 영이 맑지 않은 불한당이었다. 할머니가 연로한 뒤 병구완이 어려워지고 전도마저 요원해지자 사촌형부는 할머니를 미련 없이 내쫓았다. 할머니 장례식 때 내외는 물론 고모조차도 얼굴을 비치지 않았다. 딸기를 사흘 안에 교배시켜야 한다는 게 이유였다. 화분과 붓을 장례식장까지 싸 들고 올 수는 없었다.

　순철 오빠와 호아는 사정상 하엘을 그 집에 맡길 때가 잦았으나 신앙에는 저항해 사촌형부의 심기를 거슬렀다. 사촌형부는 보복으로 순철 오빠의 장애인 신분을 박탈하는 수를 썼다. 순철 오빠 앞으로 더는 장애인연금이 나오지 못하게 되었다. 순철 오빠는 물러터진 사람이었고, 사촌형부는 순철 오빠가 다른 지방에 간 사이 그 사건에 저항하는 호아를 때렸다. 사촌형부는 정아 언니를 때리지 않았다. 사촌형부는 호아만 때렸다. 고모는 사위가 며느리에게 행하는 폭력을 수수방관했다. 나는 순철 오빠가 그 일을 알고 있었으리라 생각한다. 순철 오빠는 사촌형부로부터 아내를 지키지 못했다. 감히 대들지 못했다. 대들 수 있다는 생각조차 하지 못했다. 호아가 문제 삼은 건 폭력이 아니라 돈이었다. 장애인연금은 부부의 거의 유일한 수입이었다. 호아는 더 이상 한국에 있을 이유가 없었다.

"잠시만 하엘이를 돌봐줘." 호아가 유창한 한국어로 말했다.

나는 남편과 상의해보겠다고 한 다음 전화를 끊었다. 하엘을 맡을 생각은 당연히 없었다. 며칠 뒤 남편이 호아 얘기를 꺼낸 건 놀라운 일이었다. 그때까지 남편은 호아의 존재를 몰랐다. 어떤 경로로 남편에게까지 얘기가 흘러들어갔는지는 모르겠다. 남편은 어쩐지 나를 비정한 여자라고 생각하고 있었다. 만약 호아가 한국 사람이었어도 그가 이렇게 사람 좋게 굴었을지 나는 확신할 수 없었다. 무엇보다 남편이 호아를 지칭하는 방식이 내 기분을 상하게 했다. 호아가, 호아는.

우리는 하엘을 고속터미널에서 픽업했다. 마지막으로 보았을 때 하엘은 지금 내 딸과 비슷한 연령의 어린아이였다. 계산이 틀리지 않는다면 하엘은 이제 중학교 3학년 나이였다. 그만큼 시간이 많이 흘렀다는 걸나는 알고 있었다. 그럼에도 하엘이 원통 모양의 스포츠백을 어깨에 둘러메고 버스에서 내렸을 때, 그 나이대 남자애의 모습에서 한 치도 벗어나지 않았음에도, 나는 하엘이 조로한 게 아닌가 하는 생각을 떨칠 수가 없었다. 그 불협화음 같은 외모가 아니었더라면 아마도 알아보지 못했을 것이다. 하엘은 무뚝뚝한 표정 아래에서 약간 어리둥절해했다.

하엘은 짐을 부린 뒤 제 엄마와 짧은 통화를 했다. 주로 호아가 말하고 하엘이 듣는 쪽이었다. 저편에 있는 호아의 목소리가 더 크게 들렸다. 하엘은 통화에 집중하지 못했다. 나는 하엘의 신경이 온통 우리에게

쏠려 있다는 걸 감지했다. 하엘은 사촌형부 내외의 자
식들과 함께 자라며 오랜 세월 눈칫밥을 먹은 것 같았
다. 누군가의 미움을 사지 않기 위해 아예 제 존재감을
지운다는 인상이었다. 하엘은 언제든 상대가 원하는 상
에 자신을 맞출 태세가 되어 있었다. 하엘은 애쓰지 않
았다. 그 성격은 하엘에게 체화되어 있었다.

　　　남편과 하엘은 죽이 잘 맞았다. 남편이 줄곧 아
들을 원해왔다는 걸 나는 모르지 않았다. 하엘이 야구
를 하고 있다는 사실도 둘의 관계를 돈독하게 했다. 그
들은 두산베어스의 오랜 팬이었다. 둘의 대화를 엿들으
면서 알게 된 바에 의하면 하엘은 프로 지명이 예비된
전도유망한 좌완투수였다. 하엘의 인생에 유일한 근심
거리는 제구력이 떨어진다는 것이었고, 남편은 그 문제
에 대해 그럴듯한 조언을 해주었다. 내가 알기로 남편
은 공 한번 쥐어본 적 없고 방망이 한번 휘둘러본 적 없
는 안경잡이였다.

　　　내 딸은 하엘이 왕자님이라는 착각을 했다. 동
화 속에서 나온 것처럼 새하얀 피부와 이국적인 이목
구비 때문이었다. 하엘이 자신에게 체화된 성격을 발휘
해 왕자님이 되어주자 수빈은 자지러지게 기뻐했다. 수

빈은 애정의 증표로 엄마보다는 순위가 낮지만 아빠보다는 높은, 침으로 눅눅해진 파인애플 인형을 하엘에게 선물했다. 도로 빼앗아 오긴 했지만. 아직 수빈은 하엘보다 파인애플을 더 사랑했다.

하엘이 오면서 수빈의 시터가 임금 인상을 요구했다. 돌볼 아이가 늘었다는 식의 단순한 계산은 아니었다. 나이 차가 크고 성별이 다르면 곱절로 힘에 부친다는 이유에서였다. 내 월급에 맞먹는 액수였지만 부당하게 느껴지지는 않았다. 나는 아이들이 잠들었을 때 남편과 소리 죽여 논의했다. 그제야 남편은 하엘의 문제를 현실로 받아들였다. 남편은 자신이 베풀었던 호의를 자존심 때문에라도 무효화시키지 못했다. 여름방학이 끝날 때까지 길어야 두 달이라는 식으로 스스로를 납득시켰다. 나는 시터가 유능하지만 그만큼 방만하다는 것을 알고 있었다. 그동안 수빈에게 해왔던 업무를 하엘에게 일부 떠맡기리라는 것도 예상 가능했다. 그럼에도 나는, 남편과는 다른 이유로, 시터를 해고하고 싶지 않았다.

시터가 내 옷을 몰래 입어보곤 한다는 사실을 나는 하엘을 통해 알게 되었다. 약속에 나가기 위해 차

려입고 나왔을 때 하엘이 지나가듯 말했다.

"아줌마보다 고모한테 더 잘 어울려요."

고자질하는 투는 아니었다. 무심한 감상에 가까웠다. 나는 그 얘기에 반응하지 않으려 노력했다. 주말 낮, 남편이 수빈과 하엘을 데리고 외출했을 때 옷을 죄다 끄집어내 세탁했다.

나는 시터에게 사실 여부를 확인했다. 시터는 펄쩍 뛰며 억울해했다. 이 일을 해오며 단 한 번도 그런 적이 없었으며 그러고 싶은 마음도 없다고 했다. 시터는 자신의 장성한 두 아들을 걸고 맹세까지 했다. 나는 후회했다. 죄 없는 사람을 추궁했다는 가책 때문이 아니라, 내가 없을 때 시터가 고발자를 괴롭힐까 두려워서였다. 시터가 혹시나 수빈을 고발자로 여기지는 않을까 두려웠다.

하엘은 그림자처럼 지냈다. 행동거지를 극도로 조심했다. 걸을 때는 발뒤꿈치를 들었다. 그나마 남편이 있을 때만 조금 목소리를 냈다. 자다가 침대가 빈 걸 확인하고 나가보면 두 사람은 어둠 속에서 얼굴을 초록빛으로 물들이며 야구 경기를 보고 있었다. 볼륨을 0에 맞추어놓고, 캔에 든 맥주와 콜라를 각자 앞에 둔 채로.
얼빠진 표정이 꼭 엄마 몰래 포르노 비디오를 보는 사
춘기 남자애들 같았다. 나는 그들의 우정을 방해하지
않았다. 수빈이 둘 사이에 끼어 앉아 졸음과 사투를 벌
이고 있을 때만 간섭했다.

　　　어느 날 남편이 고모네 일가 얘기를 물어왔다.
그즈음 우리는 한밤중 식탁에 마주 앉는 일이 잦았다.
식구가 새로 왔으니 새로 정해야 할 룰도 많았다. 그와
결혼했을 당시 나는 이미 고모네와 절연한 후였으므로
인사를 시킨 적도, 어느 집안에나 있을 법한 그런 흔한
사연을 말한 적도 없었다. 엄마가 고모네 일을 발설하
지 말 것을 강조한 것도 있었다. 먼저 나서서 책잡힐 것
없다는 이유에서였다. 나는 남편에게 최대한 명료하게
사실을 말했다. 판단하는 말을 배제했고, 호아가 사촌
형부로부터 폭행당했다는 얘기 또한 물론 하지 않았다.
남편은 애매하게 고개를 끄덕였다. 그러더니 신인 드래
프트에 관한, 내가 잘 알아들을 수 없는 이런저런 정보
를 주워섬겼다. 남편은 하엘이 베트남으로 떠나게 되면
혹시나 야구의 꿈이 좌절되지는 않을지 걱정했다. 나는
그 걱정이 하엘에게서 남편에게로 고스란히 전이된 것

임을 알았다.

"그래서?" 나는 물었다.

남편은 멍청한 표정으로 내 얼굴을 보다가 입을 다물었다.

수빈은 사랑의 열병에 빠졌다. 아빠를 저와 하엘 사이를 훼방 놓는 장애물 취급했다. 남편은 남편대로 하엘을 배려한답시고 수빈에 대한 애정 표현을 자제했다. 수빈은 이중의 고통을 겪어야 했다. 아빠는 전보다 자신에게 소원했고 오빠는 제 마음에 충분히 응답해주지 않았다. 외로워진 수빈은 내 허벅지에 매달려 우는소리를 했다. 당장 하엘과 결혼시켜달라고 애원했다. 가족끼리 결혼할 수 없다는 사실은 수빈에게 끔찍한 비극이었고 그 애의 연심에 풀무질을 했다. 하엘이 곧 베트남으로 떠나게 될 거라는 사실을 안 뒤로는 더했다.

나는 하엘 때문에 부녀 사이가 틀어지는 게 아닌가 걱정되었다. 둘만의 시간을 만들어주기 위해 노력했다. 남편은 내 제안을 군말 없이 받아들였다. 하엘 오빠와 함께가 아니면 가지 않겠다고 악을 써대는 수빈을 끌고 주말이면 밖으로 나갔다. 키즈카페에 다녀온 부녀는 다시 서로에게 다정해져 있었다. 남편은 수빈과 데

이트를 하고 돌아올 때마다 물소가죽 글러브나 징스파
이크 야구화 같은 값나가는 선물을 사 왔다.

　"호아가 고모 얘기를 많이 했어요." 어느 날 하
엘이 말했다.

　부녀가 의무적으로 외출했을 때였다. 엄마라고
하지 않고 호아라고 말하는 게 인상적이었다. 나는 남
편 역시 그랬었다는 걸 기억해냈다. 호아의 어떤 부분
이 그녀를 이름으로만 불리게 하는가. 나도 호아를 새
언니가 아니라 호아라고 불렀다. 한 번도 직접 불러본
적은 없었으나 누군가에게 호아 얘기를 할 때면, 자주
있는 일은 아니었지만, 호아라고 칭하곤 했다.

　"어떤 얘기?"

　"고모가 너무 예뻤대요." 하엘이 얼굴을 붉히며
말했다. 환심을 사기 위해 하는 말은 아닌 것 같았다.

　나는 예브다를 연발했던 호아의 음성을 기억했
다. 나는 하엘의 말을 부정했고, 내가 무얼 부정하는지,
왜 부정해야 하는지 알 수 없어졌다.

　"고모부 여자친구보다 고모가 더 예뻐요."

　나는 잠시 하엘의 말이 머릿속에 스미도록 기다
렸다.

하엘은 고모부에게 여자친구가 있어요, 라고 하지 않았다. 내게 고발한 게 아니었다. 다른 예시를 가져다가 호아의 말을 입증하려는 것에 가까웠다.

"그렇구나." 나는 그렇게만 대답했다.

내 마음을 사납게 한 건 남편의 외도가 아니었다. 물론 하엘의 말이 사실일 경우의 얘기지만. 나는 하엘이 배은망덕하다고 생각했다. 의도가 어찌 되었든 결과적으로 하엘은 저를 아들처럼 여기는 고모부를 배신한 것과 다름없었다. 그때 왜 시터의 옷 문제가 떠올랐는지는 모르겠다. 나는 두 일 사이에 어떤 공통점이 있다고 확신했다.

수빈을 두 남자 사이에서 끄집어내 억지로 침대에 눕혔던 날이었다. 수빈은 괴로움에 못 이겨 흐느꼈다. 수빈은 어두컴컴하고 무서운 자기 방보다 거실의 비밀스러운 초록빛을 더 좋아했다.

"아빠는 돼지새끼예요." 수빈이 가짜로 딸꾹질하다가 말했다.

나는 가슴팍을 도닥이던 손을 멈추었다. "뭐라고 했어?"

"돼지새끼."

나는 그때까지 수빈이 그런 말을 쓰는 걸 들어본 적이 없었다.

"누가 그런 말을 알려줬어?"

"돼지새끼가요."

내가 그때 무슨 말을 해야 했을까. 아빠는 돼지도 아니고 새끼도 아니라는 것? 나는 진정하지 못하는 수빈을 어둠 속에 버려두고 초록빛을 지나 빈 침대로 기어들었다.

얼마 후 나는 그 험한 말의 출처를 알게 되었다. 약간의 수고비를 더한 봉투를 건넸을 때 시터가 만족스러워하며 하엘을 칭찬했다. 돼지새끼처럼 귀엽고 복스럽게 잘 먹는다고 했다. 예상외로 시터는 하엘에게 호감을 지니고 있었다. 수빈과는 달리 자신의 정성을 인정해준다는 것이었다. 뭐든 잘 먹는 하엘의 모습은 그 늙은 여자로 하여금 오랜만에 보람과 자부심을 느끼게 했다. 식사 때면 한바탕 진을 빼놓는 수빈의 편식도 하엘 덕분에 저절로 고쳐졌다. 나는 시터에게 감사의 말을 전한 뒤 이제 오지 않아도 된다고 말했다. 남의 옷을 마음대로 입어보지 말라는 얘기까지는 하지 않았다.

저녁 외식 때 나는 남편과 새 시터를 구하는 일로 작게 다투었다. 남편은 시터가 필요하지 않다고 주장했다. 하엘이 시터보다 더 능숙하게 수빈을 돌봐준다는 것이었다. 남편은 하엘을 향해 동의를 구하는 눈짓을 했다. 하엘은 눈과 귀가 먼 사람처럼 묵묵히 숟가락질했다. 그 여자가 말한 대로 음식을 정말이지 열심히 먹었다. 수빈도 하엘을 그대로 따라 했다. 이제 한 술이라도 더 먹이기 위해 비행기놀이 같은 건 하지 않아도 되었다. 다 씹은 음식을 삼키지 않고 입 안에 머금는 버릇도 사라졌다. 무엇보다 파인애플 인형을 품에서 떼어놓아도 불안해하지 않는 게 큰 수확이었다. 여전히 시야에는 들어와 있어야 했지만. 파인애플은 식탁 위 접시들 사이에 얌전히 앉아 있었다. 수빈이 떠먹여주는 투명한 밥을 받아먹으며. 수빈은 이제 파인애플 인형을 하엘과 자기가 낳은 자식이라고 믿었다.

남편은 시터 화제에서 벗어나 대뜸 하엘에게 베트남에 가고 싶으냐는 질문을 했다. 하엘이 접시에 처박고 있던 고개를 들어 남편을 바라봤다. 하엘은 고개를 가로저었다. 조금 시간을 두고 고개를 끄덕였다. 야구냐 엄마냐, 남편은 그런 유치한 시험을 하엘에게 내고 있었다. 남편은 조금 실망하는 눈치였다. 하엘을 뚫어지게 주시하던 수빈은 통곡에 가까운 울음을 터뜨렸다.

"제발……." 나는 눈두덩을 누르며 말했다. "남 일에 간섭하지 마."

그 말이 누구를 향한 것이었는지 이제 나는 안 다. 나는 남편이 아니라 하엘에게 말했다. 네가 우리에 게 있어 남이라는 걸 분명히 하고 싶었다. 나는 책임질 수 없는 온정과 긍휼로 괜히 하엘을 희망에 부풀게 하 고 싶지 않았다. 하루라도 빨리 현실을 받아들이는 게 하엘을 위한 길이라고 생각했다. 하엘은 영특했다. 내 가 의도한 바를 정확히 이해했다. 하엘은 베트남에 가 고 싶다는 의사를 고갯짓이 아니라 똑바른 발음으로 밝 혔다. 다만 떠나기 전에 꼭 해야 할 일이 있었다. 하엘은 자기 두 손을 잠시 들여다보더니 그 계획을 얘기했다. 하엘은 사촌형부를 패 죽인 다음 떠날 작정이었다.

외식 이후 남편은 나를 힐난하기 시작했다. 왜 그 일을 감추었으며 지금껏 못 본 척했느냐는 게 요였 다. 남편은 호아를 이주 여성의 상징으로 여겼다. 예의 호아가, 호아는. 내가 아무리 그 일이 가정사이며 개인

사일 뿐이라는 걸 되풀이해 설명해도 납득하지 못했다. 남편은 당장 경찰에 신고해야겠다고 으르렁거렸다. 하엘을 그딴 집구석에 돌려보낼 수 없다고 했다. 나는 모욕감을 느꼈다. 내가 아무리 그 집 식구들과 절연했다 하더라도 남편은 우리 집안사람들을 그런 식으로 표현하면 안 되었다.

"하엘이를 믿지 마." 나는 말했다.

그 순간 왜 그런 얘기를 꺼냈는지는 모르겠다. 다만 내가 뱉은 말에 내가 다쳤다는 것만은 분명했다. 나는 어쩐지 신부복을 입은 호아를 생각하고 있었다. 호아가 내 손을 이끌어 자기 배를 만지게 했던 일을. 그때 손바닥에 느껴졌던 감촉을. 그때 나는 태동을 느끼지 못했다. 신부복 원단이 소스라칠 정도로 부드러웠다는 것만이 기억에 오래 남았을 뿐이었다.

"믿지 말라니?"

"당신이나 잘해."

"무슨 소리야?"

"당신 일이나 잘하라는 소리야."

남편은 내 조언에 따라 자기 일에 전념했다. 하엘의 일을 자기 일처럼 여기기 시작했다. 자기 일처럼

이 아니었다. 자기 일이었다. 나는 시아버지가 과거에 시어머니를 손찌검한 적이 있다는 사실을 알고 있었다. 남편은 자신의 어린 날에 보상하듯 하엘에게 집착했다. 하엘을 통해 과거를 수정할 수 있다고 믿었다. 남편은 호아의 일에 호아 본인이나 하엘보다 더 분노했다. 느끼는 감정에 비해 벌이고 다니는 일은 귀엽기 짝이 없었다. 남편은 인권위원회, 신문사, 법률사무소, 다문화센터에 들락거렸다. 사촌형부를 패 죽이겠다는 하엘의 계획이 내게는 더 타당하게 여겨졌다.

나는 남편에게 여러 차례 상기시켰다. 호아는 사촌형부에게 맞은 걸 문제라고 생각하지 않는다고. 그저 연금을 받지 못하게 되어 화났을 따름이라고. 물론 그는 들은 척도 안 했다. 일련의 일들을 거쳐 나는 어쩌면 남편이 이 사태를 흥미로워하고 있는지도 모르겠다는 생각을 했다. 호아를 향한 남편의 태도는 양상만 다를 뿐 본질적으로 사촌형부와 같은 뿌리를 공유하고 있었다.

호아는 아들을 맡겨놓고서는 연락 한번 하지 않았다. 가끔 순철 오빠가 무기력하고 음울한 말투로 전화를 걸어왔을 뿐이었다. 순철 오빠는 안목해변에서 슬

러시를 팔고 있었다. 주황색 오렌지, 파란색 소다. 순철 오빠는 내게 하엘이 아니라 호아에 대해 물었다. 하엘을 맡겼을 당시 호아의 말투가 어땠는지. 호아는 본국으로 떠난 뒤였다. 나는 호아가 순철 오빠와 하엘을 버렸다는 걸 알았다.

한강공원으로 나들이 갔던 날, 하엘은 강을 바다로 착각해서 우리를 웃게 했다. 수빈은 남편이 하엘의 투구 폼을 교정해주는 모습을 복잡한 심경으로 바라보았다. 시키는 대로 키즈카페에 갈 걸 하고 후회하는 것 같았는데, 애써 재밌어하는 척했다. 은박돗자리 바깥의 잔디를 쥐어뜯으면서. 나는 딸애가 가장 좋아하는 모양으로 머리를 땋아주었다. 평소에는 시간이 없어서 잘 해주지 못하는 방식이었다. 수빈은 마음이 좀 풀렸는지 내게 고민거리를 털어놓았다. 자기는 왜 남자가 아닌지. 남자로 바꿔주면 안 되는지. 수빈은 그 일이 불가능에 가깝다는 걸 알고 있었다. 그러니 눈치를 보며 어렵게 얘기를 꺼낸 것이리라. 나는 마음이 아팠다. 대답 대신 한쪽에 내팽개쳐진 파인애플을 주워다가 품에 안겨주었다. 수빈은 충격에 빠졌다. 어둡고 사사로운

감정에 사로잡혀 저보다 귀한 파인애플의 존재를 잊고
말았다는 사실을 깨달은 것이었다. 수빈은 속죄의 제스
처로 인형을 꼭 끌어안았다. 한때 수빈의 장래희망은
파인애플이었다. 그리고 파인애플의 성별은 여전히 여
자였다.

　"하엘 오빠는 돼지새끼예요." 수빈이 울먹거렸다.

　나는 하엘은 돼지새끼가 아니며 누구에게도 그
런 말을 쓰면 안 된다고 가르쳤다. 수빈은 왜 쓰면 안
되는 말이 세상에 존재하는지 이해하지 못했다. 그럼
진짜 돼지의 새끼는 무엇으로 불러야 하는지.

　"새끼돼지." 나는 말했다

　"새끼돼지." 수빈이 따라 했다.

　나는 아기돼지라는 다른 말도 알려주었다. 수빈
은 아기돼지 삼형제 노래를 떠올리고는 나를 경이에 찬
눈빛으로 바라봤다. 아기돼지라는 말을 반복하며 그전
에 배웠던 말을 몰아내려 애썼다.

　"잘했어."

　수빈은 기분이 좋아졌다. 파인애플에 뽀뽀를 퍼
부었다. 그러면서도 엄마가 파인애플보다 더 좋다고 나
를 안심시켰다. 나는 수빈과 함께 그 애 마음속 순위와

관련한 재밌는 문답을 주고받았다. 엄마, 파인애플, 아빠, 하엘 순이었다.

"수빈아."

수빈이 나를 순종적으로 올려다봤다.

"아빠 여자친구가 좋아, 파인애플이 좋아?"

멀리서 남편의 환호성이 들렸다. 하엘이 글러브를 끼지 않은 손으로 머리칼을 흐트러뜨리며 웃고 있었다. 웃는 건 처음 보는 것 같았다. 웃으니 호아와 닮아 보였다. 나는 하엘이 남편과 호아 사이의 자식이 아닐까 하는 터무니없는 망상을 했다. 두 사람은 수빈과 나를 잊은 채 너무 즐거워했다.

수빈이 고개를 갸웃하더니 말했다. "파인애플."

나는 수빈으로부터 두 가지 사실을 알아냈다. 시터가 내 옷을 입어본 적 없었다는 것과 남편이 키즈카페 직원과 친하게 지낸다는 것. 나는 하엘을 어떻게 받아들여야 하는지 혼란스러웠다. 수빈은 한강공원 나들이 이후로 아빠와 둘이서만 키즈카페에 가는 일을 순순히 받아들였다. 나는 남편이 딸과의 데이트를 진짜 귀찮아하는지 아니면 귀찮은 척할 뿐인지를 살폈다. 그

러다 착잡해졌다. 한낱 어린아이에게 놀아나고 있는 꼴
이 우스웠다. 의심은 그만두자고 다짐했다.

　　남편은 때때로 일의 진척 상황을 알려왔다. 호
아를 구제할 방법에 대해서. 나는 호아가 이미 스스로
를 구제했음을 남편에게 말하지 않았다. 당신이 그간
해왔던 노력은 다 허튼짓이었다고도. 남편은 알아서 깨
우쳐야만 했다. 구원은 능력이 아니라 자격의 문제라는
것을. 그 누구도 다른 누구를 대신 구원해줄 수 없었다.
남의 오줌을 대신 싸줄 수 없는 것처럼. 하엘에게는 사
실을 알려야 하는지 말아야 하는지 복잡했다. 내게 그
걸 결정할 권리가 있는지부터 알 수 없었다. 나는 하엘
이 베트남으로 떠나지 못하는 처지를 안다 하더라도 사
촌형부를 패 죽일 수 있을지 궁금했다. 하엘의 복수심
은 얼마나 개인적일까.

　　그즈음 우리는 그럭저럭 생활의 균형을 잡아가
고 있었다. 아들이 하나 있어도 괜찮겠다는 생각이 들
기도 했다. 하엘은 부녀가 외출했을 때 집안일을 도왔
다. 스스로에게 잘 보이기 위한 행동 같아 굳이 말리지
않았다. 하엘은 기계를 다루는 데는 서툴렀으나 손끝은
야물었다. 섬세한 일을 투박하게 잘해냈다. 바늘귀에다

가 실을, 도무지 가능할 것 같지 않은 동작으로, 대번에 꿴다든지. 특히 빨랫감 분류에 일가견이 있어 많이 배웠다. 우리는 집안일을 하며 주로 수빈의 연심에 관한 농담을 주고받았다.

일요일에 하엘은 마른 수건으로 그릇을 닦다가 수빈의 마음을 받아주지 못하는 이유에 대해 고백했다. 도리가 아니라 질투 때문이었다. 하엘은 수빈을 부러워했고, 그 감정에 부끄러워했다.

"수빈이는 너를 부러워하던데."

하엘은 놀라는 것 같았다.

나는 분위기가 부드러워진 틈을 타 조심스레 하엘의 심중을 떠보았다. 만약 베트남으로 가지 못한다 하더라도 사촌형부를 손봐줄 것인지. 하엘의 의사는 확고했다. 사실 그 질문을 통해 내가 알고자 한 건 복수 여부가 아니었다. 하엘이 엄마로부터 버림받을 가능성에 대해서 생각하는지 아닌지였다. 아니었다.

키즈카페에서 돌아온 수빈이 막대사탕을 자랑했다. 나는 사탕 먹는 걸 허락했다. 단 저녁식사 후여야 한다는 조건을 걸었다. 수빈은 사탕을 먹지 않고 영원히 간직할 거라는 의아한 말을 했다. 키즈카페 언니가 준 소중한 선물이라는 것이었다.

"수빈이 좋겠네." 나는 미소 지었다.

남편은 피곤했는지 소파에 드러누우며 앓는 소리를 냈다. 수빈은 이제 실연의 아픔을 딛고 언니를 사랑하기로 마음먹은 것 같았다. 수빈은 그 아이디어에 흥분했다. 하엘은 좀 쓸쓸해했다.

어느 날부턴가 남편은 호아의 구제 문제에 심드렁해졌다. 이유를 물어도 그냥, 하고 입을 다물었다. 나는 집요하게 캐물었다. 호아가 도망한 걸 알아챘나 싶어서였다. 남편은 몇 번 버티다가 마지못해 실토했다. 시카고컵스와 세인트루이스의 경기 날 하엘을 깨우러 방문을 열었다가 그 사내자식이 바닥에 성기를 비비며 자위하는 광경을 보았다는 거였다.

남편이 맥주를 병째로 들이켰다. 냉장고가 웅웅거리며 돌아갔다. 남매는 각자의 방에 잠들어 있었다.

"그게 왜?"

"모르겠어……." 남편은 허탈해했다.

나는 남편이 하엘과의 레슬링에서 힘으로 번번이 지곤 했던 일을 떠올렸다. 연애 때의 일이, 어떤 맥

락인지는 알 수 없으나, 뒤이어 기억났다. 당시 그는 지켜주겠다는 황당한 이유를 들며 나를 만지기만 했었다. 날카로운 손톱 때문에 질염에 걸려 산부인과에 들렀을 때 의사가 이죽거리며 물었다. 무엇으로부터 무엇을 지켜요?

"당신도 하잖아." 나는 말했다. "그 언니 생각하면서."

남편은 '언니'가 누구냐고 묻지 않았다. 다만 혐오스럽다는 듯 나를 쳐다봤다. 눈동자에 종이 끄트머리를 대면 불탈 것 같았다.

"닥쳐." 그가 말했다.

"그래."

나는 부엌 불을 끄고 안방으로 들어갔다. 다시 부엌으로 나와 어둠 속에서 그를 두들겨 팼다.

우리의 불화를 가장 먼저 눈치챈 건 수빈이었다. 남편과 나는 수빈 앞에서 서로 사랑하고 있다는 걸 보여주어야 했다. 수빈은 속지 않았다. 이 모든 사달이 자기 때문이라고 믿었다. 파인애플을 쥔 손끝이 하얬다. 참담했다. 남편은 내게 얻어맞았다는 사실은 모조리 잊은 채 자신이 내뱉었던 두 음절에 심하게 자책했다.

우리는 수빈을 위해 화해하는 척하다가 진짜로
화해하게 되었다. 어느 날 그렇게 되어 있었다. 지긋지
긋했다. 부녀는 키즈카페 가는 것을 자연스럽게 그만두
었다. 나도 닦달하지 않았다. 수빈은 또 한 번의 실연을
겪었지만 전보다는 의젓하게 행동했다. 언니를 보러 가
겠다고 보채지 않았다. 저와 언니의 사랑보다 엄마와
아빠의 사랑이 더 중요하다고 생각하는 듯했다. 나는
수빈이 그런 식으로 포기하는 방법을 배워가는 게 슬펐
다. 하엘은 남편의 달라진 태도에 당황했지만 곧 당연
한 일인 것처럼 받아들였다. 처음부터 가질 수 없었던
걸 욕심내는 게 아니었다고 생각하는 듯했다. 그 알량
한 야구 연습은 한 남자의 변덕스러운 소꿉놀이에 불과
했다. 남편은 하엘을 상처 입혔다.

우리는 적당한 상냥함과 무관심을 유지한 채 시
간을 흘려보냈다. 평화로웠다고도 말할 수 있을 것 같
다. 사촌형부에게서 전화가 걸려 오기 전까지는 그랬다.

"오랜만이네, 처제. 하엘이 거기 있다며?"

"네."

"하엘이 돌려줘." 사촌형부가 단도직입 말했다.

내가 하엘은 물건이 아니라고 하자 사촌형부는

예정과 자유의지에 대한 이상한 장광설을 늘어놓았다.
그러더니 어떻게 자기 몰래 결혼을 할 수 있느냐며 장
난스럽게 나를 타박했다.

"할머니도 몰래 돌아가셨으니까요."

"내일 하엘이 내려보내."

나는 사촌형부가 자신의 앞날을 모른다는 게 웃
겼다. 내가 미친 사람처럼 웃어젖히자 사촌형부는 침착
한 태도를 잃고 온갖 저주의 말을 퍼부었다.

"와, 무섭다."

나는 대답을 듣지 않고 전화를 끊었다.

수빈은 하엘이 언제 집에 가느냐고 물었다. 하
엘이 어서 가주기를, 이 임시적이고 피로한 연극이 끝
나기를 바라는 듯했다. 수빈은 내가 때를 미는데도 울
부짖지 않았다. 전에는 살갗이 벗겨지는 모습을 보는
걸 그렇게 끔찍해했으면서. 수빈은 파인애플 씻기는 놀
이에 심취해 있었다. 거품이 회색으로 일었다.

"언제는 하엘 오빠가 좋다며?"

"이제는 싫어."

나는 현기증 때문에 약간 열어두었던 욕실 문을

도로 닫았다. 텔레비전 소리가 잦아들었다. 나는 수빈이 제 아빠 딸이라는 걸 실감했다.

　"하엘 오빠는 돼지······." 수빈이 나오려던 말을 억눌렀다. "아기돼지야."

　"언제는 왕자님 같다며?"

　수빈은 내 말을 곱씹는 표정이었다. 자신이 한때 그런 생각을 했다는 게 믿기지 않는 것 같았다. "이제는 이상하게 생겼어."

　"알겠어. 비누는 먹지 마."

　수빈이 잇자국 난 비누의 모서리로 파인애플 밑동을 문질러댔다.

　다음 날 아침 나는 거실 소파에 한 시간가량 앉아 있었다. 남편이 언제나처럼 정신없이 출근하는 모습을 지켜본 다음 두 군데 전화를 걸었다. 회사에 오전 반차를 냈고, 시터에게 하루만 수빈을 봐달라고 부탁했다. 통화를 마치고서 나는 조용히 하엘의 짐을 챙겼다. 원통형 가방에 남편이 사준 글러브와 야구화를 넣었고, 옷도 잘 개켜 넣었다. 세탁기 안에 든 옷가지는 비닐봉지에 담아 넣었다. 하엘은 바지만 입은 채 엎드린 자세로 잠들어 있었다. 새벽까지 혼자서 중계를 본 뒤였다.

하엘은 너무 늦지 않게 일어났다. 일어나자마자 방 한쪽에 꾸려져 있는 짐을 발견했고, 별다른 이의 없이 상황을 받아들였다. 하엘은 씻고 나온 뒤 내가 빠뜨린 물건을 천천히 챙겼다. 수빈은 시터 품에 안겨서 우리가 나가는 걸 멀뚱히 지켜봤다.

우리는 차 안에서 아무런 말도 하지 않았다. 먼저 말하는 사람이 지는 게임을 하는 것처럼. 하엘은 고집스레 앞만 바라봤다. 고속터미널에 도착해 나는 우등좌석의 버스표를 끊었다. 버스 안에서 마실 물과 간단하게 요기할 만한 간식을 사서 가방에 넣어주었다.

버스 시간이 다가오자 하엘은 수다스러워졌다. 그동안 참았던 말을 한꺼번에 쏟아내는 것 같았다. 하엘은 사촌형부를 손봐줄 일과 베트남에 가게 될 일이 기대된다고 했다. 무엇보다 기대되는 건 순철 오빠와 호아와 함께 셋이 살게 될 일이라고 했다. 우리 집에서 지냈을 때처럼 살고 싶다고, 수빈 같은 여동생이 생기면 더 기쁠 것 같다고 했다. 하엘은 내게 고마워했다. 호아 말대로 내가 너무 예쁜 사람이라고 했다. 상상했던 것보다 더 예뻤다고. 그렇지만 호아가 더 예쁘다고 했다. 하엘은 호아를 떠올리며 수줍어했다.

버스가 미끄러져 들어왔다.

"너는 한국에서 훌륭한 투수가 될 거야."

하엘은 다 안다는 듯 고개를 끄덕였다. 가방을
한 번 추어올리고는 곧장 버스에 올라탔다.

에세이

한들

산주가 유리병을 돌려달라고 했다. 수화기 너머
의 목소리는 산주, 내 여동생이 맞았다. 이번에는 그랬
다. 그 애가 라믹탈 70알을 토해내고 살아난 날로부터
보름 뒤의 일이다.

처음에 나는 산주가 무슨 이야기를 하는지 잘
알아듣지 못했다. 말이 빚어지는지 찢어지는지 모르게
그 애의 입 안에서 밀려 나오고 있어서였다. 산주의 발
음들은 내가 어떤 기분에 이르기 직전에야 분명해졌고,
결정적으로 나를 화나게 하지는 않았다.

"유리병?"

"베지밀 병."

겨울, 편의점에서 따뜻하게 해 파는 두유. 산주
는 어느 추운 날 귀가하다가 편의점에 들렀고, 온장고
에 든 베지밀을 샀다. 집으로 걸어가며 귀하고 달게 전
부 마셨다. 빈 유리병을 협탁에 올려두었다. 왜인지 치
우지 않고 그대로 3년 정도 두었다. 모르는 사이 사라져
있었다. 도둑이 든 게 아니라면 내가 가져간 것이었다.

그걸 왜? 나는 유리병을 떠올리려 애썼다. 적어
도 계절에 한 번씩은 들러보았으니 3년 동안 올려두었
다면 본 기억이 나야 했다. 협탁에는 이따금 다이어리
가 엎어져 있었다. 반 토막 난 가름끈이 밖으로 흘러나
온 채였다. 나머지 반은 고양이 배 속에 들어 있을 터였
다. 다 마신 두유병이 있었던가.

"중요해?"

"중요하지 않아."

"중요하지 않은데……."

"중요하지 않아. 그래 중요하지 않아. 중요하지
도 않은 걸 언니가 가져간 거야."

"그렇구나."

"병을 씻어서 햇볕에 말려서 거기에 꽃을 꽂아

둘 수도 있지 않았을까?"

"그랬을 수도 있었겠지. 그렇게 했을 것 같니?"

"아니."

그날 오후 나는 베지밀B를 샀다. 달았다고 했지. 날은 부쩍 더웠으나 따뜻한 걸로 샀다. 아무 편의점에나 들어가 샀고, 마셨고, 지하철역 화장실에서 물로 헹궜다.

산주는 덤덤했다. 병을 꺼내 보여주는데도 보는 둥 마는 둥 했다. 협탁의 자질구레한 물건들을 밀어내 자리를 마련하기만 했다. 유리병이 진짜이든 아니든 별로 상관이 없는 것 같았다. 변덕이 아니었다. 이제 중요하지 않게 된 것도 아니었다. 애초에 중요하지 않았으니까.

"고마워. 이제 가도 돼."

나는 알겠다고 했다. 알겠다고 대답은 했으나 그 뒤로 좀 미적거렸고, 내가 그곳에 있어도 될 만한 구실을 찾았다. 가장 만만한 것으로 집안일을 했다. 현관에 쭈그려 앉아 신발을 정리했다. 가려는 생각이 아니었는데 이름 없는 고양이가 나를 문 앞까지 배웅해주었다. 산주는 책상 앞에 앉은 채 돌아보지 않았다. 나는 목줄을 채우고 고양이를 산책시켰다. 몇 발짝 가지 못했다. 그 고양이는 자동차 바퀴에만 관심이 많았다.

돌아왔을 때 산주는 아까 모습 그대로였다. 빛의 방향만 달라졌다. 산호색 빛이 유리병에 부딪쳐 굴절했다. 저물녘이었다. 두 폭짜리 창으로 쏟아져 들어오는 빛이 그 애의 윤곽을 선명하게 했고, 윤곽을 제외한 모든 부분을 의문에 붙이게 했다. 그 애의 뒤통수는 아무것도 말해주지 않았다. 그러나 나는 알 수 있었다. 조절제 70알을 삼킨 날 산주는 이미 산주를 잃어버렸다는 것을. 되찾는다 한들 잃어버리지 않은 게 되지는 않는다는 것을. 그 애가 스스로를 소중히 했든 소중히 하지 않았든.

그다음 일들은 오로지 시간의 문제였다는 생각이 든다. 산주는 언제나 무언가를 하고 싶어 한다기보다 자신이 무언가를 하리라는 것을 아는 쪽이었다. 그 애에게 미래는 아직 다가오지 않은, 이미 벌어진 일이었다.

그날, 이름 없는 고양이를 산책시켰던 날, 나는 자동차 밑을 탐험하려는 고양이를 집어 들고 길목을 달리다시피 건넜었다. 맞은편 꽃집에 들어갔다. 마음이 먼저 도착해 숨을 고르며 기다리고 있었다. 손아귀 안에서 털북숭이의 따뜻하고 빠른 팔딱거림이 느껴졌다. 나는 혼자 있어도 초라하지 않을 정도로 송이가 크고, 색이 선명하고, 그러나 완전히 피지는 않은, 아직 할 일이 더 남은, 그곳에서 가장 좋아 보이는 것을 샀다. 그 애가 상상했을 꽃을. 돌아와 유리병에 꽂았다. 꽃은 알맞게 들어갔다. 아주 약간의 기척만으로. 고개를 돌리지는 않았지만, 보지 않는 척하지만 산주가 그 모습을 보고 있다는 게 느껴졌다. 꽃은 예뻤다. 바로 그 꽃이었다. 그리고 그 애는 왼쪽 볼에 가로로 된 보조개를 새기는 방법을 알고 있었다.

해설

위험한 소설

— 인아영(문학평론가)

장진영의 소설은 팽팽하다. 인물들이 맺고 있는 관계 혹은 어느 장면이라도 늘어져 있는 경우는 없다. 한쪽으로 치우쳐져 있지 않은 양쪽의 존재감이 서로를 강하게 잡아당기고 있고 그렇게 당겨진 팽팽한 표면 위에는 조용한 긴장감이 흐른다. 인물들은 끈끈하게 연결되어 있는 것도 아니고 서로를 따뜻하게 어루만지고 있는 것도 아니지만, 그렇다고 요란한 다툼이나 노골적인 갈등이 벌어지는 것도 아니다. 살짝 건드려지는 예민한 신경, 폭발하기 직전의 긴장감, 오랫동안 억눌리면서 부풀어진 욕망, 천천히 증폭되는 의심과 아슬아슬하게 선을 넘지는 않는 거짓말, 그리고 누군가의 입에서 흘러나오는 결정적인 한마디. 말하자면, "위험하다고밖에 말할 수 없는 소설".*

장진영의 첫 번째 소설집 『마음만 먹으면』에 묶인 세 편의 소설들에는 이러한 매력적인 긴장감이 전반에 흐르고 있다. 그런데 이 예민한 긴장감은 결국 터져버리지 않으며 소설의 마지막 장면까지 위태롭고 우아하게 유지된다. 인물의 심리나 사건의 내막은 환한 조명 아래 노골적으로 밝혀지지 않고 핵심적인 무언가를 감춘 채 끝내 비밀을 유지한다. 다만 이 감춰진 비밀로 인해 무언가가 파열되거나 돌이킬 수 없는 지점에 가 있는다. 이들에게는 어떤 변화가 일어나는 걸까. 그리고 장진영의 이야기들은 무엇을 숨기고 있는 걸까.

「곤희」는 인간의 선함을 믿는 젊은 여성 판사인 '나'가 곤희를 만나면서 벌어지는 이야기다. 원칙주의자인 '나'의 판결 이후 아들을 잃은 여성이 자살하는 사건이 발생하자, '나'의 공명심을 순진하다고 여기는 선

* 권여선, 「심사평」, 『자음과모음』 2019년 여름호, 101쪽.

배의 권유로 부장의 시험에 들게 된다. 시험이란 부장이 후원하는 보육원에서 자란 열아홉 살 소녀인 곤희를 며칠만 맡으라는 것. 표면적으로는 인생 선배이자 언니로서 곤희를 보살피는 역할에 충실하면 될 일이지만, 실은 부장의 체면을 유지해주는 동시에 불필요한 연민 없이 베풂을 주고받는 교환 법칙을 익히라는 명령이기도 하다.

그런데 교환은 부장과 '나' 사이에서만 일어나는 것이 아니다. "기쁨도 슬픔도 없이 투명하게 담겨 있는 물"(15쪽)이나 "가슴께 버튼을 누르면 녹음된 말을 하는 인형"(17쪽)처럼 온도 없는 정물로 묘사되는 곤희야말로 누구보다 교환에 익숙한 것처럼 보이기 때문이다. 선의에 가득 차 연민하며 다가오는 사람들이 실은 무엇을 필요로 하는지 잘 알고 있다는 듯, 그리고 그것을 기꺼이 제공하겠다는 듯, 곤희는 '보육원에서 자란 소녀' 역할을 완벽하게 연출한다.

곤희의 완벽한 연출 앞에서 점차 선명해지는 것은 '나'의 내면에 있는 욕망과 갈등이다. 도움받는 역할을 너무 흠결 없이 수행하기에 오히려 베푸는 사람에게 연민과 시혜를 그대로 반사하는 아이러니. 상대에게 부담 주지 않도록 학습된 태도, 그러면서도 내재되어 있는 공격성을 은은하게 비치는 곤희 앞에서 '나'는 자신의 선의와 연민이 얼마나 어설프거나 규격화된 것인지 조금씩 인지해간다. 곤희가 임신 사실을 밝히면서 "선생님은 좋은 사람이에요."(33쪽)라고 말했을 때, 그것은 도움을 청하는 손길이 아니라 '나'의 과도한 선의나 연민을 미리 차단하는 막으로 기능한다. '나'는 자신이 곤희의 본질을 꿰뚫거나 거기에 도달하기는커녕 곤희가 제공하는 세계 이면으로 들어갈 수 없고 그래서도 안된다는 것을 깨닫는다.

그러니 소설에서 제시되는 곤희의 모습이 불투명한 채로 미끄러지는 것은 당연하다. 화자인 '나'에게 곤희는 자신의 선의나 연민, 혹은 욕망을 거울처럼 반사하는 형식으로서만 존재하기 때문이다. 보육원의 개꼬막이 목줄에 걸린 채로 움직이는 모습이 연인인 선배와 나누는 폭력적인 섹스와 가쁘게 교차되는 압권인 장면은, '나'의 선의에 대한 믿음과 원칙주의가 피학적인 성향과 억눌린 공격성과 맞붙어 있다는 기묘한 사실을 드러낸다.

쇠줄 당겨지는 소리. 개가 떨고 있었다. 꼬리를
흔들면서. 꼬막. 나는 말했다. 아니. 선배는 아니라고 했
다. 꼬막. 목이 눌려 소리가 잘 나지 않았다. 손마디의
모양새가 울대로 느껴졌다. 사물의 윤곽이 뭉개졌다.
나는 어디에 있는지 누구와 있는지 이해하려 노력했다.
곤희는 내가 없는 내 집에 있었다. 우리가 연출해야 했
을지 모를 멋쩍고 곤혹스러운 마지막 밤을, 다행히 혼
자 보내고 있을 터였다. 꼬막. 나는 매번 쓸모없어지고
마는 세이프워드를, 우리가 지었고 그가 허문 룰을 다
시 한번 말했다. 아직. 선배는 아직이라고 했다. 아직,
지금 돌아가면 그 애는 아직 있을 것이다. 꼬막. 나는 애
원했을지도 모른다. 아니야. 그가 아니라고 했다. 아닌
것도 같았다. 여기까지가, 그래 여기까지가 우리의 세
이프워드였다. 여기까지를 내가 원했다. (35~56쪽)

　　그렇다면 법조계 초년생인 '나'는 부장이 던진
시험에 통과한 것일까? 곤희가 새로운 인생을 살기 위
해 사회로 첫발을 디뎠고 '나'는 임신한 곤희에게 과도
한 도움의 손길을 뻗지 않았으니, 그렇다고 할 수도 있
을 것이다. 부장이 후원하는 다른 아이를 한 번 더 맡

지 않겠냐는 선배의 말에, "아니요. 하고 싶지 않습니다"(41쪽)라며 단호하게 대답할 수 있었던 이유도 그 때문일 것이다. 그러나 선의에 대한 '나'의 믿음과 원칙이 수정되었다고 하더라도, 곤희라는 인물은 여전히 강렬한 에너지를 가지고 이야기의 중심에 남아 있다. 누구의 시선이나 해석으로도 회수되지 않은 채 묘하고도 매혹적으로 남아 있는 이 존재는 장진영 소설이 가지고 있는 고유의 매력이기도 하다.*

「새끼돼지」 역시 화자가 낯선 타인을 마주하면서 일어나는 균열을 가까이 들여다본다. 이 소설은 남편, 딸 수빈과 살고 있는 '나'가 사촌조카인 하엘을 맡게 되면서 펼쳐진다. 하엘은 '나'의 사촌인 순철 오빠가 베트남 여성인 호아와 결혼하면서 낳은 아들로 현재 중학교 3학년이다. 호아가 자신에게 종교 생활을 강요하고 폭력을 휘두를 뿐만 아니라 순철 오빠의 장애인연금을

---

* 장진영의 다른 소설인 「입술을 다물고 부르는 노래」(『릿터』 2020.12~2021.1)의 청각장애인 '미조' 역시 화자인 주변 인물들의 학습 보조 도움을 받지만 연민이나 시혜적인 시선으로 환원되지 않는 고유한 비밀과 강렬한 에너지를 머금고 있는 인물로 등장한다.

박탈해버린 사촌형부의 행패에 못 견뎌 한국을 떠나려
하면서, 잠시만 하엘을 맡아달라고 부탁을 해온 것이
다. 아들을 바라왔던 남편의 강한 호의, 하엘의 이국적
인 외모에 반한 딸 수빈의 관심, 하엘이 자신의 노고를
인정해준다며 기특해하는 시터의 호감을 바탕으로 하
엘은 '나'의 가정에 매끄럽게 적응하는 것처럼 보인다.

　　　그런데 정말 그럴까. 소설은 하엘의 매끄러운
적응과 '나'의 가족의 따뜻한 환대 이면에 어떤 위계와
권력 역학이 작동하고 있는지 서늘하게 보여준다. 하
엘은 "누군가의 미움을 사지 않기 위해 아예 제 존재감
을 지운다는 인상"을 풍기고 "언제든 상대가 원하는 상
에 자신을 맞출 태세가 되어 있"(83쪽)다는 점에서 (곤희
와 마찬가지로) 상대방의 호의와 욕망을 거울처럼 비추어
낸다. 속으로는 사촌형부를 패 죽일 계획을 세우는 폭
력성을 품고 있으면서도 자신에게 시혜적인 이들 앞에
서는 착하고 눈치 빠른 소년의 역할을 훌륭하게 수행한
다. 그것이 이방인으로서 울타리 안에 있는 사람들에게
환대받을 수 있는 조건이기 때문이다.

　　　남편의 선량한 온정 역시 (호아가 거리낌 없는 반말
의 대상이자 이주 여성의 상징으로 여겨졌듯) 하엘이 야구 선

수를 꿈꾸는 가여운 베트남 혼혈 소년이라는 상징으로 남아 있는 조건 위에서만 작동한다. 남편에게 하엘은 적당한 동정심을 자아내되 예상 밖의 불쾌감을 유발하지는 않는 대상으로만 존재해야 하는 것이다. 하엘의 자위 장면을 목격한 뒤에 남편의 환대가 재빠르게 회수되는 이유는, 그것이 하엘 오빠가 "이제는 이상하게 생겼"(104쪽)다는 딸 수빈의 변심처럼 "변덕스러운 소꿉놀이"(102쪽)와 다르지 않기 때문이다. 다른 가족 구성원들과 다르게 조숙한 하엘에게 이미 묘한 불편함과 경계심을 느꼈던 '나'도 하엘이 시터가 자신의 옷을 몰래 입는다거나 남편에게 애인이 있다는 사실을 태연하게 전달하자 하엘을 더 이상 참지 못한다.

"제발⋯⋯." 나는 눈두덩을 누르며 말했다. "남일에 간섭하지 마."

그 말이 누구를 향한 것이었는지 이제 나는 안다. 나는 남편이 아니라 하엘에게 말했다. 네가 우리에게 있어 남이라는 걸 분명히 하고 싶었다. 나는 책임질수 없는 온정과 긍휼로 괜히 하엘을 희망에 부풀게 하고 싶지 않았다. 하루라도 빨리 현실을 받아들이는 게 하

엘을 위한 길이라고 생각했다. 하엘은 영특했다. 내가 의
도한 바를 정확히 이해했다. 하엘은 베트남에 가고 싶다
는 의사를 고갯짓이 아니라 똑바른 발음으로 밝혔다. 다
만 떠나기 전에 꼭 해야 할 일이 있었다. 하엘은 자기 두
손을 잠시 들여다보더니 그 계획을 얘기했다. 하엘은 사
촌형부를 패 죽인 다음 떠날 작정이었다. (92쪽)

하엘은 '나'와 가족에게 무슨 의미였을까. 결과
적으로 가족의 울타리가 더 공고해지고 그 경계를 나
누는 분할선이 더 짙어졌을 뿐, 표면적으로 하엘의 방
문 전후로 달라진 것은 없는 것처럼 보인다. 그러나 "하
엘이 거짓말을 통해 가족관계에 모종의 균열을 일으킨
것"*이라고, 다시 말해 갑작스럽게 등장한 이 낯선 타인
은 '나'의 가족을 지탱하던 믿음을 가장 안쪽에서부터
조용히 뒤흔들었다고 볼 수도 있다. 남편의 얄팍한 선
량함뿐만 아니라 시터와 남편에 대한 '나'의 신뢰는 이
방인의 존재를 계기로 내적으로 파열된다.
이것이 원인이라기보다 계기인 까닭은, '나'의

* 조대한, 「작은 이방인」, 『문학동네』 2020년 봄호, 537쪽.

의심이 하엘의 말들이 낳은 결과이기도 하지만 이미
'나'의 마음속에 본디 심겨 있던 씨앗이기도 하기 때문
이다. 그렇기에 시터가 '나'의 옷을 입어본 적 없고 남편
은 키즈카페 직원과 친하게 지냈을 뿐이라는 사실을 알
게 된 다음에도 하엘이 배은망덕하다는 심정은 해소되
지 않는다. 오해가 풀리는 것과 무관하게 한번 싹을 틔
운 의심은 기존의 작은 흠집을 계속 긁으며 점점 커다랗
게 몸을 불린다. '나'가 남편에게 애인의 존재를 넌지시
떠보고 욕설을 들은 후 남편을 두들겨 패는 장면은 이미
존재해왔던 '나'의 억제된 폭력성을 섬뜩하게 드러낸다.
균열은 이방인의 방문 이전부터 내재되어 있던 의심의
한 틈을 비집고 들어가 서서히 입을 벌린 것이다.

한편 「마음만 먹으면」은 공간적으로는 정신병
원을 배경으로, 시간적으로는 두 축으로 전개된다. 정
신병원에 입원해 있는 소설 초반의 화자는 어린 '나'이
다. 거식증에 걸려 몸무게 앞자리가 두 번이나 바뀌자
엄마가 집에 데려온 구마 신부를 피해 병원으로 가게
되었기 때문이다. '나'는 "자고 싶을 때 자고 싶은 만큼
자고, 먹고 싶을 때 먹고 싶은 만큼 먹을 수 있도록 허

락된 부류의 환자"(47쪽)로, 매일 공중전화 부스에 처박혀서 피자를 시키려고 하고 가끔 발작도 일으키는 '피자언니'에 비하면 병원에서 비교적 자유로운 상태인 편이다. 그러나 휠체어를 타고 다녀야 하기에 병원 안에서 위태로운 나날을 보내기도 한다.

정신병원이 불법으로 운영되었다는 사실이 발각된 이후에 '나'는 집으로 돌아오게 되지만, 엄마는 '나'에게 벗어날 수 없는 기억으로 출몰한다. 입원 시절 일주일에 한 번 엄청난 양의 음식을 싸 오곤 했지만 실질적으로 대화가 통하지는 않고 '나'는 어느 날 심하게 넘어진 이후 엄마를 대신해 정신병동에 갇혔다고 생각할 만큼 엄마의 존재감은 압도적이다. 그러나 성인이 되어 딸을 키우고 있는 '나'는 딸이 계속 넘어졌다가 일어서는 모습을 지켜보면서 과거로부터 발을 떼어 앞으로 내딛는다.

장진영의 소설에는 평면적인 것이 없다. 겉으로 보이는 선의와 믿음 아래에는 잔인하고 냉정한 조건이 불안하게 넘실대고, 조용한 긴장감의 이면에는 폭력의 그림자가 드리워져 있다. 「곤희」에서는 젊은 여성 판사와 보육원에서 자란 곤희, 「마음만 먹으면」에서는 정신

병원에 입원해 있는 '나'와 피자언니, 그리고 '나'의 가족들, 「새끼돼지」에서는 베트남 혼혈아인 중학교 3학년 사촌조카 하엘과 그를 잠시 맡고 있는 '나', 남편, 딸수빈의 관계가 팽팽하게 당겨져 있는 것도 그래서다. 별다른 사건이 일어나지 않는 것처럼 보이는 삶의 미세한 균열은 어떻게 증폭되는가. 장진영의 소설은 그 위험한 순간들을 불투명하게 감추듯 드러낸다. 그 불투명함이 오히려 이 인물들을 투명하게 반사한다는 것은 이상하고도 매혹적인 일이다.

트리플 5

마음만 먹으면
© 장진영, 2021

초판 1쇄 인쇄일 2021년 5월 18일
초판 1쇄 발행일 2021년 6월 1일

지은이 · 장진영

펴낸이 · 정은영
편집 · 안태운 김정은 정사라
마케팅 · 최금순 오세미 박지혜
　　　　　김하은 김도현
제작 · 홍동근
펴낸곳 · (주)자음과모음
출판등록 · 2001년 11월 28일
　　　　　제2001-000259호
주소 · 서울시 마포구 양화로6길 49
전화 · 편집부 02) 324-2347
　　　　경영지원부 02) 325-6047
팩스 · 편집부 02) 324-2348
　　　　경영지원부 02) 2648-1311
이메일 · munhak@jamobook.com

잘못된 책은 교환해드립니다.
저자와의 협의하에 인지는 붙이지
않습니다.

ISBN　978-89-544-4715-7 (04810)
　　　　978-89-544-4632-7 (세트)

• 이 책은 서울특별시, 서울문화재
단 '2021년 첫 책 발간 지원사업'의
지원을 받아 발간되었습니다.